U0118447

香港鮨屋紀行 3

香港武滕鶴榮

目録

味中中，雰囲気良し……

氣氛出眾，味道普通

不知大家還有沒有印象，在以前的食評裡我也曾提及，有次我在牙醫處發現一本封面寫著「**本地壽司の神**」的雜誌，正因這本雜誌，我與久未見面的一眾師父重聚，也因為這本雜誌，令我知道了這間鮨店的存在。

雜誌用五個字「**我自求我道**」來形容。

這店是否追求一些與其他鮨店不同的東西？或是使用一些與別不同的料理技巧？雜誌中又寫道，這裡的大師父曾在許多香港知名的鮨店任職過，可謂經驗豐富云云。

其實，以上的都不是重點，重點是，該鮨店是由一位經驗豐富的壽司師父推介給我的。他告訴我，如果有空又剛巧經過，不妨去看看，找偉師父做就行了。同業推介，怎能不試？

訂位電話是由一位女侍應生接的。我告訴她我要坐在偉師父前面，吃他的手藝。她查了查後說沒問題。接著我問她可自攜酒嗎？她告訴我會有開瓶費，但可以和師父斟酌看看。

雜誌上寫著鮨店的地址是銅鑼灣的希雲街。我孤陋寡聞，住香港這麼久，居然不知希雲街在哪裡。在網上查了一下……什麼？希雲街原來這麼接近我家，徒步的話只需十分鐘。在我印象裡，這條街是汽車修理店集中地，現在不止有鮨店進駐，而且那間人氣抹茶雪糕店，原來就座落在那條街的街角。

我攜同太座，走進希雲街。鮨店於最深處，我們沿途走著，雖然只是短短一分鐘的路程，感覺就像進入了時光隧道，熙來攘往的喧鬧聲漸漸從我們背後溜走。兩旁雖還有汽車修理店，但也夾雜了許許多多不同特色的餐廳了。

走到街的盡頭，忽然間豁然開

朗，原來鮨店的入口從行人路縮進了一大片，騰出的空間，能輕鬆停泊三部汽車。還有，鮨店的外牆也花過心思，透出幽幽的黃光，把本來黑暗昏沉的角落照得一片明亮。正門又高又大，乍看像光暈中一個大黑洞。

今晚七時半，我來到這裡：**旭**。

拉開了門，侍應立即來迎，我報上姓名後，被帶到一個大得能容納十多人的曲尺形壽司吧正中坐下。這時後方突然傳來喧鬧之聲，我回頭查看，發現這裏除了壽司吧以外，原來還有個吃鐵板燒的區域；有一票人正圍著鐵板燒枱，高談闊論，好不熱鬧。

我回過頭來，把自攜酒交給侍應，並請她幫忙準備酒杯，自己趁機會八卦一下面前的料理場。

料理場地方寬敞，一排座地冰箱上放有四塊獨立的木砧板，意味著這裡可同時容納四位師父照顧壽司區內所有客人。但最吸引我的，是料場後方，牆上掛著的一幅幅西陣織，顏色配搭柔和，使整個餐房格調高雅了不少。此外，牆的正中有一扇門，把西陣織分成兩邊；直覺告訴我，門應該是通往廚房的。

就在這時，有一個身形高大，穿著整齊寿司服的人，從門中闊步走出，停在我面前的砧板前，對我笑了笑……

「你是偉師父嗎？」我問道。

「是。叫我『**阿偉**』就可以了。」

「你好。今晚我是專程來吃你做的壽司。」

「謝謝你。我們這裏有三款套餐，你會選哪一款？三款除了價錢不同，寿司的貫數也有分別。」

「我沒所謂，總之，吃飽就行了。」

「好，那我就每種都切少許給你嚐嚐看。有什麼不吃的嗎？」

「不好吃的我不吃，其他什麼都吃，如果有些特別的，我沒吃過的，那就最好了。」

「明白。」

侍應從我們後面靠近，放下為我們準備的酒和酒杯，待偉師父告訴她我們選擇的套餐後，晚宴正式開始。

油揚げ鶏挽肉詰め

侍應遞上第一道菜，銀杏葉形的碟子，上面放著一塊像卷蛋的東西，上面還有大蔥絲和山椒葉。

「偉師父，這是什麼東西？」

「這個外面是腐皮，裏面是免治雞肉。」

我點了點頭，然後一口把免治雞肉卷吃下。雖然外層是炸過的腐皮，口感卻不油膩，雞肉尚算鬆軟可口，可惜整體卻沒什麼味道，就算加了「芡汁」也無補於事。不知何解，清淡的味道卻又偏偏配以大蔥和山椒葉這種強烈的「藥味」（香辛料），味道上我覺得有點喧賓奪主了。

太刀魚

偉師父從廚房走出來，手上拿著第二道菜，正要放上來之際，我叫道：「是太刀魚！」師父笑了笑，點點頭，然後把碟子放下。我一看，雖然碟子不算大，亮點卻只有那一小塊太刀魚和牛蒡管，奇怪的是，又伴有大量「藥味」。

「牛蒡管中間的又是雞肉嗎？」我抬頭問道。

師父點點頭。

我夾起太刀魚，印上一些**紅蓼**（深紫紅色像大豆芽的東西）後吃下。魚肉的紋理顯示它不是大型的太刀，吃起來感覺沒什麼油脂，味道也不怎樣鮮美，除了鹹味外，基本上又是沒什麼味道。

不是難吃，可能是廚師沒有把它的味道好好發揮而已。

說到紅蓼（**べにたで**），它是一種刺身常用的藥味，俱抗酸化能力，不但能消除毒素、抑壓臭味，還可以幫助消化。紅蓼的味道有丁點兒辣，配刺身吃的話，功用有些像山葵，能抑壓細菌滋生，也可去除油膩感，但配熟太刀魚的話，就失去了這個意義。我認為師父只是純粹為好看才放在這裏罷了。

至於牛蒡卷，裡面的雞肉沒什麼味道，而且牛蒡的獨特風味也給煮掉許多；還好牛蒡不老，煮好的質感有點像蓮藕般粉粉嫩嫩……不錯吃！

「前菜的味道如何？」偉師父問。

「不錯。」我勉強地說。

「我現在先給你一些刺身，之後再吃一些廚房熱食，最後吃壽司，如果你遇到好吃的想『安歌』，隨時告訴我。」

「好的。」我禮貌地答道。

師父揭開放在他前面的木箱，取出一塊魚肉來，先在魚肉前端薄切一片，又在尾段垂直的厚切一塊，然後提起火槍，往厚魚肉上噴燒。魚皮遇火收縮，同時也發出拍拍的聲響。最後，師父在熱燙的魚肉上加上一撮蘿蔔蓉，和薄切的那片一起，放到我們面

金目鯛

前的碟子上。

「這是**金目鯛**，一片做刺身，另一片做**炙り**，看你喜歡哪一片？」偉師父道。

我點頭示意後，隨即夾起刺身，沾上醬油，放上山葵後吃之。刺身的溫度不太冷，開始嘴嚼時已感覺到金目鯛的芳香，肉質清爽有咬勁，加上山葵的香甜……好吃！

再來是金目鯛炙り。在夾起時，我已發現放魚肉的位置上留有明顯的油漬；明明師父只燒魚皮部分而已，居然有這麼多的油份流出？相信今晚的金目鯛，絕對是體型碩大、油脂豐富。

燒過的魚肉表面收縮了，但內部還是生的，效果就像胖子穿著緊身衣一樣，魚肉看起來格外的「脹卜卜」。我一口吃下，魚肉柔軟彈牙，咀嚼時湧出大量的汁液和油份，配合辛辣的蘿蔔蓉以去除油膩感……一絕。

「金目鯛如何？是今天的飛機貨，十分新鮮。」偉師父說道。

「真的非常好吃！而且油脂非常豐富。」

「我們這裏都是用野生魚的，味道更香濃。」

「怪不得，真的好吃。」我說。

貝

「貝類喜不喜歡？」

「沒所謂，我甚麼都吃。」

「那我選幾種貝類給你吃，蠔也吃吧！」

我點點頭。

偉師父往廚房吩咐了幾句後，又揭開他前面的木箱，取出處理好的象拔蚌和帆立貝。這「象拔蚌」的虹管很短，是真正的日本海松貝。偉師父切出一片，在上面灑上幾滴檸檬汁後放到我的碟子上。**海松貝**不太脆，卻有濃濃的海潮香味，加上清新的檸檬汁，吃後齒頰留香。

師父見我吃畢，立即把**帆立貝**切半，分給我和太座。眼見面前那半邊帆立貝比小型蝦餃還小，心裡有點不滿足。心想，偉師父果然說到做到，每種食材都切少許給我試，希望他今晚準備了很多很多食材，否則我可能吃不飽。

我張開大口，待師父看過來時，刻意把帆立貝像吃花生般拋進口中，藉此暗示他給的食材份量太小器了。師父看見我的舉動，對我笑了笑，說道：「好吃嗎？」給他一問，我才把注意力放回味道上。帆立貝雖然細小，味道卻很甘甜，而且柔軟黏糯。鮮度上比不上那次蟹宴時嚐到的（請參考我以前的食評：**蟹盡**），但也十分好吃。

毛蟹

「這是毛蟹。我們把蟹肉拆好後，再在上面放上蟹膏，你們試試看。」

我舉起筷子，把蟹肉和蟹膏混合在一起，又在紫蘇穗上摘下幾朵紫蘇花，放入和蟹肉同吃。蟹膏的味道不錯，蟹肉也十分清爽，但整體的溫度卻有點冰冷。記得上次吃現煮現拆的活毛蟹時，蟹肉和蟹膏均是暖和的，而且鮮味拔羣。有了這樣的味覺體驗，相比之下，今晚的毛蟹就給比下去了。

偉師父見我三扒兩撥就把毛

蟹吃掉，好奇地問道：「很餓嗎？」

「你怎麼知道？雖然已經吃過幾道菜，但現在我和未吃沒多大分別。」

「不會吧。」

「真的不騙你。你們的東西那麼精緻小巧，如何能飽？你想想，從第一道到現在，三十分鐘，我只吃了八口！不！毛蟹吃了兩口，總共是九口。」我苦笑地說。

「明白了。我叫廚房快點出餐給你。本想讓你慢慢吃慢慢喝，看來現在要加快速度了。但你放心，我一定會讓你吃飽。」

「好！一言為定！我請你喝酒。你要嚐嚐我的酒嗎？」

「你的酒很不錯呀！」偉師父笑說。

「請你給師父也準備一隻杯好嗎？」我回頭跟侍應道。

平目・海胆

「這個刺身，是今晚新鮮進的**平目**，上面還放了同樣是今天進的**馬糞海胆**。」

「嘩！今次有兩口可吃。」我說笑道。

我將平目薄切捲起，沾上醬油後放進口中。新鮮的平目肉質堅硬，一咬下去，馬糞海胆立即從兩旁溢出，口腔頓時充滿海胆的味道，耐嚼的魚肉刺激著唾液的分泌，就好像在咀嚼海胆味的口香糖一般，配搭是新奇的。

問題在於味濃的海胆配清淡的平目，兩者味道均無法充分突顯，這個配搭究竟是創新？還是整體味道大倒退？儘管我連第二片都吃完了，還在一直沉思著這個問題……

鮟肝たくわん

「這個配酒很好吃，要不要試試看？」師父邊說，邊遞上一小皿給我。我接過小皿一看，裡面有一堆黃澄澄像黏土的東西…

「這是什麼？」我問。

「你吃吃看，可用青瓜沾著吃。」

我照他所說，拿起青瓜片，挖了一塊「黏土」放進口中。口中立即傳來一陣陣鹹鮮的味道，感覺還有許多爽脆的顆粒在裡面。在口腔壁和舌頭的幫助下，我成功把幾顆顆粒留在口中。咬開顆粒，發現原來是「**沢庵漬け大根**」（黃色的蘿蔔乾）。但那鹹鮮的味道又是什麼東西？我搞不懂。

「這到底是什麼東西？」我問師父道，「我只吃得出有沢庵漬。」

「裏面還有**鮟肝**。」

「像黏土般的是鮟肝？」

「是的。我把鮟肝搗爛，再混入沢庵漬大根，就是這樣。」

「嘩！這個我真的是第一次吃到。」

「是嗎？好吃嗎？」

「很好吃！配酒一絕！」

我口中一邊稱讚，心裏卻暗覺奇怪，好好的鮟肝，幹麻要把它弄成泥狀呢？真的只是為了把蘿蔔乾混進去？還有，如此鹹鮮的味道，單單只用魚肝是不可能做到的，一定是加了味噌等調味。

「真的只有魚肝？還有其他的調味嗎？」

「沒有了。真的只有魚肝。」偉師父說道。

「厲害！厲害！這真的十分好吃！來！乾一杯！」

偉師父咪起雙眼，舉起酒杯，露出滿足的笑容。

青柳

師父接過廚房遞出的兩隻綠

色精緻方小碟後，又轉放到我面前。

碟子左上角有一只貝殼，我一見從貝殼中橫露出的橙紅色貝肉，立刻叫道：「這是**青柳**。」

「青柳你也知道？你很厲害呢！」

「沒有沒有，只是它的長相令我印象深刻而已。」（青柳的介紹請參考我以前的食評：**最高のお米と水，そして鮪**）

把貝殼揭開後，露出了飽滿的青柳貝肉，我夾之起來放進嘴裡，口中立即傳來一陣苦味，這是酒精燒乾後遺留的味道，青柳是飽滿的，也沒有煮得過熟，不至於嚼橡膠，但那種苦味歷久

不散，直至我把它吞下，再喝一口自己的酒，才能把那乾苦味消除。廚房的師父料酒放得太多了。

鮪三昧

「今晚我們來了一些野生鮪魚，我每部份切一些給你吃。」

「好的。」我點頭道。

我見偉師父從身下的雪櫃拿出一盒子來，打開一看，裏面整齊地放著三大塊不同部位的鮪魚肉。他拿出第一塊，切出兩片，小心地放回去後，又拿起另一塊，又切兩片……

「第一片是**中トロ**的『**平筋切**』（在根與根之間下刀把肉切出，好處是吃的時候沒有筋的阻

礙，壞處是魚肉會浪費很多），後面一片是**かまとろ**。還有一片大トロ，燒一燒比較好吃。」偉師父介紹道。

我看放在碟上的兩片鮪魚，果然色澤鮮紅，非常新鮮。我把中トロ沾些醬油，放上山葵後吃之。魚肉口感結實，「平筋切」後不但沒有難嚼的纖維，而且魚味濃郁，有海魚應有的野血味；配合香甜的山葵和鮮美的溜醬油……好吃！

第二片，據偉師父說是「かまとろ」。

かまとろ，鮪魚身體兩側魚鰭旁邊的一塊肉，我聽過有人稱它為「魚骹肉」。從魚身整塊被切出來時，かまとろ是呈三角形的，它比「大トロ」還要珍貴，畢竟每條魚僅有兩小塊。かまとろ與高級和牛的肉質看起來很相似，都是呈「霜降」狀態，這代表油脂和肉已完全融合了。如果大家以後有遇到かまとろ，請千萬不要錯過。

今晚的かまとろ雖然不是很大片，但看那嫣紅的魚肉中佈滿著錯綜複雜的脂肪紋路，已知其油脂之豐，碟子也因此被染油了一大片。我夾起魚肉，沾上醬油，把一大撮山葵泥放在魚肉上，再放進嘴裡。還沒開始嘴嚼，我已感覺到鮪肉之芳香。魚肉很有彈性，一咬之下，油脂佔據了整個口腔，緊隨著的就是魚肉的甜。山葵這時正好發揮作用，抑壓著油脂味道，再加上它本身的清甜……好吃！

「好吃嗎？」

「好吃！但我是一個不太喜歡咀嚼油脂的人。」

「你不是第一個，所以我刻意將最肥的大トロ拿去燒一燒以逼出油脂。」偉師父一邊說一邊把一塊已燒過的大トロ放上來。

「上面我還放了少許蘿蔔蓉，請慢慢品嚐。」

「好的，謝謝你。」

吃之前，我仔細查看魚肉表面，發現師父他們並不是用火槍

燒，而是放在一塊鐵網上用火烤的。

這個做法使魚肉能平均受熱，魚的表面一瞬間被火所封印，肉汁不但不往外流，反而被其燒過的肉所吸收。

我一口吃下，魚肉經火燒後表面變得很有質感，嘴嚼時還滲出很多汁液，鮮味無窮。最可惜是只有小小一塊，幸福度不夠。

真牡蠣

「對不起，這個在吃貝類的時候就應該上了，但是廚房太忙，所以到現在才給你們吃。」師父一邊遞上牡蠣，一邊這樣說道。

「沒關係，最緊要有得吃！」

我看牡蠣不是很大，按季節來說，現在應該是吃真牡蠣。

「這是真牡蠣？還是岩牡蠣？」我明知故問。

「這當然是真牡蠣，岩牡蠣要等到夏季才有。」

我看牡蠣被直直的插在碎冰上，感覺倒是蠻清爽冰涼的。

伴吃的除了辣蘿蔔蓉和青蔥外，就只有半片檸檬，連任何汁液都沒有放。

正當我納悶之際，師父可能

發現了問題所在，立即跟我說：
「我們還有一個酸橘醋給你佐吃，請等一下，我立即拿給你。」
不一會，侍應呈上酸橘醋。
我把牡蠣從殼中夾出，連同蘿蔔蓉和青蔥，整只放進醋中混合，之後一口喝下。

牡蠣肉質不算肥美，幸好酸橘醋的味道很不錯，配合辣蘿蔔蓉和青蔥，味道酸酸辣辣，一洗上一道鮪魚的油脂……不錯吃！

いろいろなお寿司—

「前菜吃得差不多，是時候吃壽司了。你們還能吃多少貫？」
「我應該可以把你今晚所有的壽司材料都吃一遍。當然還要看你酢飯的大小而定。如果小的話，可以吃兩遍。」我說笑道。
「那我握大一點給你。」
「那倒不用，正常就好了。」
今晚合共吃了十六貫，雖然驚喜不大，但味道不錯。
下圖從右到左，從上到下分別是：
針魚、緣側、赤身漬、車海老踊り、赤鯥、海胆、鯵叩き和飯。
「味道如何？」偉師父問道。
「不錯，只是普通了一點。你有沒有什麼特別的？」
「特別的？讓我想想看。壽司大概都是這樣的東西，如果你要特別的，呀！你有沒有吃過『**子持魷魚**』？」

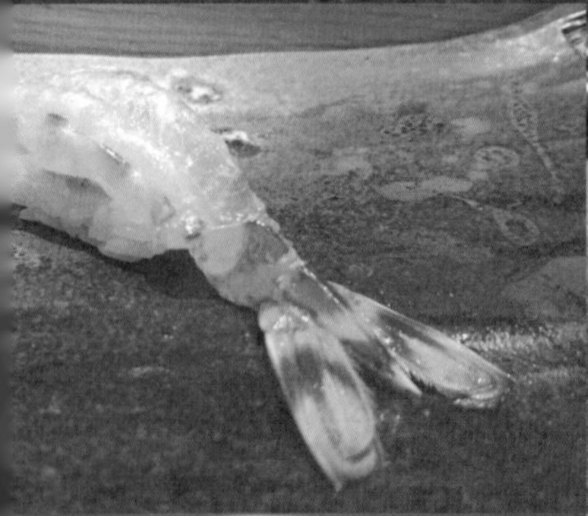

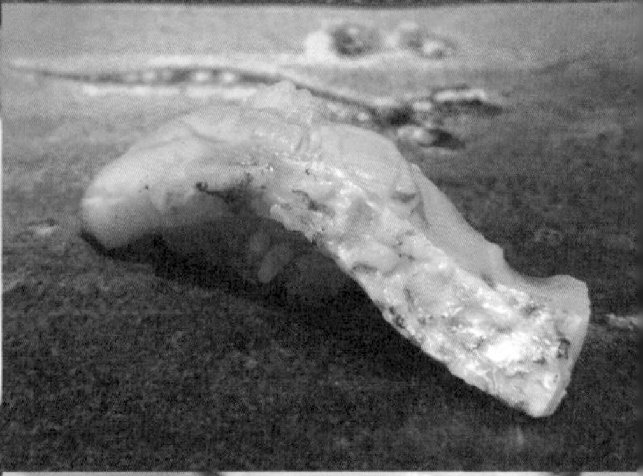

「是不是魷魚仔裏面有很多蛋那種？」

「嘩…你真的知道很多！」

「沒有，沒有！只是早陣子剛好吃過而已。」

「那你要不要試試看？」

「好呀！麻煩你了！」

子持ちいか

不一會，偉師父拿出一只小碟，上面放了一只不到手掌長的小魷魚…

「請你們試試看，這是汁煮『子持魷魚』。」

魷魚的種類極多，但在日本，不管是魷魚墨魚都一律稱為「いか」。自春天的障泥烏賊、新烏賊，夏天的螢烏賊、白烏賊，到秋天的槍烏賊，還有冬天的鰑烏賊……在日本，一年四季都有時令的烏賊上場。有漁人還說，看魷魚就知道四季了。

「子持魷魚」屬雌性的槍烏賊。子持，抱卵也。槍烏賊的產卵期是春天，這時候的槍烏賊，體內滿滿都是透明的卵。這些卵子非常鮮美，但品嚐期卻很短；二、三月上場；一到五月，它們就消失得無影無蹤，要品嚐這些美味的魷魚卵，就僅有三個月時間。

今晚的「子持魷魚」煮得恰到

好處，肉質爽脆彈牙；嘴嚼時，魚卵從兩邊的切口溢出，魷魚卵質感有點像骨筒中的牛骨髓，呈半流質狀。透明魚卵非常黏牙，夾雜著口感上有點像軟芝士的較熟卵子，偶爾咬到，還有煙韌的口感。配合濃郁的照燒汁……好吃極了！

「怎麼樣？味道可好？」

「很好吃！全晚最好！」我奸笑道。

「不要那麼快下定論，你還沒吃完呢！」

「也對！我們繼續吧！」

いろいろなお寿司二

接下來的壽司，下圖從右上到左下分別是：

鰶、鮭魚子、生北寄貝、北寄貝炙り、穴子和玉子。

偉師父口中的「不要那麼快下定論」其實也不外如是，吃到玉子時，師父已說今晚所有的壽司料已給我吃畢，還問我想「安歌」什麼云云。

鮟肝沢庵漬寿司・沢庵漬鮪魚腹肉巻き

我想了想，今晚較特別的，除了「子持魷魚」外，就算鮟肝了。我請師父為我握一貫「鮟肝沢庵漬寿司」，一來鮟肝味道著實不錯，二來考驗一下師父如何把黏土狀的食材握成壽司。

師父拿出一塊紫蘇葉，把鮟肝泥放在葉上攤平，一手拿葉，一手握飯，不到五秒時間，鮟肝泥壽司即告完成。師父取走大葉，把壽司放之上來。我拿起並一口吃下。用酒盜的材料來做壽司，的確有點過鹹，我立即拿起酒杯，喝下一口酒，鹹味又給我中

和了，殘留在口中的，就是那強烈的鮮……好吃！

怕我不飽，師父還額外製作了一條「**ねぎたくん巻き**」（沢庵漬鮪魚腹肉卷）給我品嚐。偉師父把剛才切出來的中トロ鮪魚筋取出，細心地把黏在上面的肉刮下，再混合切碎的漬蘿蔔，做成卷物的餡料。

卷物做好後，我立即吃了一段，鮪魚蓉又香又軟，漬蘿蔔爽脆，口感十足，加上山葵和醬油，真好吃！

鯛魚潮汁

「偉師父，我飽了。」

「你真厲害！能吃這麼多！」偉師父像如釋重擔地說。「我們還有湯，能喝得下嗎？」

「當然可以。有什麼湯？我想喝清湯，你有什麼可以選擇？」

「我們有一個用鯛魚煮的清湯，要不要試試看？」

「好呀！」

不一會，侍應拿著兩個黑漆碗

過來，放下後還殷勤地幫我們打開蓋子。蓋子一開，一縷輕煙裊裊上昇，嗅到的是香菜的味道。我往碗裏一看，裏面除了兩片鯛魚肉外，還有菇物和清香的三っ葉（香菜）。我喝了一口，湯很淡，魚肉也沒什麼味道。我看了看太座，露出一個「又是沒有味道」的表情……

「這不就是你的要求嗎，清淡的湯？」其笑容比湯更淡。

綠茶奶凍．咖啡奶凍

「我們今晚的甜品是奶凍，一款是綠茶味，另一款是咖啡味，你們選什麼味道？」

「兩個都吃可以嗎？」

「可以，那就一人兩款吧！」

太座聽了，立刻笑逐顏開。

奶凍很快就拿了上來，我各吃了一口，綠茶的味道和「鮨佐瀨」的很相似，反而咖啡奶凍的味道比較突出，咖啡味很濃郁，和奶凍配襯得十分完美。

大將

見偉師父有空，我便和他攀談幾句……

「偉師父，聽說你在很多名店做過是嗎？」

「你聽誰說的？沒有。以前只在幾間壽司店做過而已。」他臉帶靦腆地說。

「比如說？」

「比如『鮨佐瀨』，我看你這麼懂吃，一定去過。」

我點了點頭。

「他去了新的鮨佐瀨，你知道嗎？」我反問他道。

「知道，在舊店對面街。你去過了嗎？」

「有，我早陣子去過了。」

「覺得如果？」

（有興趣知道的朋友請參考我以前的食評：**離れの客室**）

不斷的攀談，時間一分一秒地流走，到我看錶時，已經是十時三十五分了。見其他壽司吧的師父也開始清潔工作，偉師父亦拿起像是要訂貨的一大疊白紙……

「我還有很多千奇百怪的經歷呢！下次有機會再告訴你。」我識相地說。

「好的。下次要來之前，可先打電話給我，我幫你在日本訂一些特別的食材。」他笑笑地說。

「一言為定！」

我拉開椅子，欲要離開之際，身後的鐵板區依然喧嘩聲不斷……

「不如下次來試試這裡的鐵板燒……好嗎？」太座在我耳邊悄悄地說。我攜著她手，點了點頭。

十四代・秘酒・純米大吟釀

今晚喝的，是山形縣「高木酒造」十四代系列的「秘酒」。

「十四代」，在我過去的食評中也偶有介紹，恕我不在這裏重複了。如果大家有興趣知道的話，可參考我以前的食評：**蟹盡、酒の陣、離れの客室**。

「秘酒」的瓶身很漂亮，淺茶色的玻璃上印有十四代、秘酒和酒藏名稱等字樣，高雅得很。它的容量比我們常見的四合酒瓶要少，每瓶秘酒只有500ml。

酒盒內附有一張紙，上面印著此酒的相關資料。其壓榨方式原來也是以「七垂二十貫」來進行，而且以冰溫貯藏熟成，是一瓶完整度高的佳釀。

酒造好適米是兵庫特A山田錦，精米步合35%；秘酒的顏色如水般清澈，倒進杯中時，其「上立香」（上立ち香，Uwadachika：形容酒被到出後感覺到的香氣）充滿著白花、蜜桃、熟蘋果等濃烈的花果系吟釀香，隨著時間的流逝，又出現淡淡的白飯香氣。

淺嚐一口，第一感覺是酒體很厚，口感非常順滑。酒精感不強，查看印在酒瓶上的資料，原來酒精度才15%。香氣和味道一致，充滿著熟果和白飯的味道，甘口，餘韻短，配清淡的刺身／壽司或是淨飲都非常適合。

清潔感溢れる綺麗なお寿司屋さん

雅潔壽司屋

八時正，我一手翻開暖簾，拉門而入……

朋友（驚笑）：「嘩！發生什麼事，飯未開始吃，你的臉紅得像喝了酒一般，你做了什麼？」

我（喘不過氣）：「你猜對了…我剛剛參加完試酒會…」

朋友（好奇）：「什麼試酒會？」

我（喘氣）：「我有位唎酒師朋友，他公司舉辦了一個清酒試酒會…我剛去完，立即趕來……本想在那邊買瓶酒今晚喝，但我心儀的那瓶已被眾人幹掉…連我也未嚐一口，可恨！無計可施……只能碰碰運氣，看這裏有沒有什麼好酒……萬一沒有的話，我就唯有跑回去，買一瓶比較常見的一起喝，好嗎？」

朋友（懷疑）：「跑回去？可能已經關門了。」

我（喘氣）：「你說得對。但世界真細小，居然給我遇見一個久沒聯絡的朋友，他在這邊當經理，應該沒那麼快走，所以……現在……我要立即看看這裏的酒牌，才能決定下一步要如何。」

「不好意思……可以給我你們這裏的酒牌嗎？」我禮貌地跟侍應說道。

其實從我進門，侍應就一直留意我和朋友的對話，聽見我這麼一問，醒目的她立刻拿著酒牌過來……

「我們這裏的開瓶費是300元。」她告訴我。

打開酒牌一看，「好酒！」心想：「這是好酒，這也是好酒，這都是好酒，但價錢卻……」

「等我一會，我很快回來！」我跟朋友說完後，頭也不回，立即奪門而出。

八時半，我挽著美酒，又再翻開暖簾，進入這鮨店……

今晚我的選擇：**今鮨**

因剛才的小騷動，讓再次進來的我，成為了師父和侍應的焦點。

我：「哈哈哈哈！太高興了！」

朋友：「怎麼了？」

我：「你知道嗎？剛剛不是說我有一瓶心儀的酒喝不到嗎？我那經理朋友不知如何，最後在他公司冰箱深處的角落裡找到，原來還有一瓶未開。可能藏得太好之故，他們全公司的員工居然沒發覺。哈哈！現在就在我手中。」

朋友：「嘩！太幸運了！」

我：「對！我告訴你，這瓶酒，今晚全香港可能就只有這一瓶。」

朋友：「怎樣說？」

我：「你想想，『勝山』的新酒，首度出現在試酒會中，本來已給眾人全部喝光，居然又找到一瓶給我，這還不是全港唯一？」

朋友：「哈哈，自欺欺人！」

我：「那又何樂不為？喝酒吧！這真是一瓶少見的酒。」

我自顧自和朋友說話，一直忽略了這裏的師父，而且，我之前看過他們的酒牌後又立即奪門而出，雖然沒有說明原因，但這也暗示說他們的酒我沒一瓶看中，受良心責備下……

「師父，難得我買到一瓶好酒，這可能是今晚全港唯一的一瓶，來吧！我們一起分享！你是否就是我訂座時指定的『阿生師父』？」

「我就是『**阿生**』了。」

「對不起，我第一次進來時在『發酒瘋』，真對不起！」

「沒關係，能欣賞一下你的酒嗎？」

「當然可以！」

我二話不說，立即打開盛酒的盒子給生師父看。

「這瓶真的沒見過。」

「聽說是新品，你看，這裡印著Limited Edition。」

這時候，剛才醒目的女侍應遞上了茶和酒杯，晚宴正式開始。師父也不問我們選什麼價錢的套餐，直接就吩咐廚房準備。不一會，一位身材魁梧的二師父從廚房拿出我們的前菜來，我抬頭一看：

「我好像在哪裡見過你。」我說。

「對！我以前在『**壽司廣**』見過你。」

「呀！對對對！上次**富山師父**做壽司給我吃時，你就是站在他右手邊那位。」

「是你的右手邊，他的左手邊。哈哈，你居然還記得。」

「為什麼那邊不做了？」

「上次之後你有再去過嗎？」

「自從那次之後就沒有了。」

「那你應該知道為什麼。」

我心一沉，也大概猜到，但還是嘴硬地說：「我又不是在那裡工作，怎麼會知道呢？不如你告訴我吧！」

省略三千字。

「原來如此！那現在富山師父還在嗎？」

「他？他已經不在壽司廣了。」

「你知道他到哪裏嗎？」

「知道，他在灣仔的ｘｘ。」

「不會吧？！他怎會到那些地方做？」

「唉…有時不到他選擇的。」

「也對…」我輕嘆道。

「食物要變涼了，你還是快點吃吧！」二師父可能會意到自己已和我寒暄了好一段時間，不太好意思繼續講話。

「變涼？你這前菜本來就是涼的。」我笑道。

鰈．鱲

侍應接過二師父遞出的銀色薄片，隨即放到我面前來。最亮眼的，就是銀盤中央一朵小小的紅玫瑰。圍繞著它，有三片薄薄的刺身。我先夾起味道最清淡的鰈魚薄造，放之入口。柚子的香氣使我精神一振，而且越是嘴嚼，香氣散發越是厲害。雖然鰈魚肉有點兒硬，但還是爽中帶甜，不錯吃。

第二片也是鰈魚，配以芽葱和生海苔。捲起的魚肉，使本來已有點硬度的肉質，變得更有咬勁，而且嘴嚼到最後，帶微鹹的生海苔為蝶魚肉增添了一種海潮的味道。但我覺得，如果可使用其他白身魚；質感上不至於重複的話，應該會更好吃。

味道最濃的，當然是留在最後才吃。**鱵**，針魚也。

針魚的旬是寒冬至初春，那個時候的針魚雖不是很大條，魚肉卻十分飽滿，用來做壽司料最好不過。

季節一過，針魚便會開始抱卵，營養會轉移到魚卵處，這時的針魚，肉質會變鬆，美味度亦會大減。雖然現在不是針魚的最佳季節，但只要師父的功夫了得，也能做出不錯的味道。面前這款「**針魚鳴門巻き**」，魚肉裹著紫蘇，上面還放了深紫色的煉梅醬。

針魚的肉質比蝶魚柔軟得多，煉梅味道極濃，減低了針魚本身的丁點兒苦味。

我一口吃下，梅的味道在口水的帶動下佈滿整個口腔，魚肉質感柔軟，嘴嚼時紫蘇也為整道刺身增添不少香氣。但整體而言，我只能說普通，因為除了梅子和紫蘇外，針魚是沒有味道的。我覺得，就算不用針魚，改為其他白身魚，如曹以、愛女魚等，味道也只會是大同小異。

笹切り

在我們品嚐前菜的同時，生師父一直在切著笹葉。這是我首次在香港遇到有師父即席切笹葉。見他把笹葉摺成一半，切出需要的外型後，再小心翼翼地在上面劃出一道又一道的切口。看似簡單，其實需要高度的專注力，一刀切錯，就會影響整體圖案。我站起來觀賞了一會，拍了幾張照片後，就不敢再打擾師父了。

與此同時，侍應也為我們遞上第二道前菜。

皮剝

「這是剝皮魚，我們預先已把它的肝臟和魚肉拌勻，再在上面灑上七色芝麻，請慢用。」師父放下刀對我們說。

我點頭示意。看碟上的剝皮魚，雖然只有小小一堆，但顏色配搭漂亮。我夾起一粒放進口裡，肝的味道不明顯，可能是份量放得不多的關係。但整體來說還是很好吃；魚肉晶瑩富彈性，還有上面切碎**三っ葉**的葉莖，增添了香味之餘，還有爽脆的口感……

真牡蠣

「這是兵庫縣的室津蠔，請大家品嚐。」

生師父邊說邊遞上一隻碩大的生蠔。我接過一看，上面除了生海苔外，還有用醬汁做成的果凍、碎金箔和少許柚子茸，賣相很不錯……

室津港位於**兵庫縣播州**，是日本著名的牡蠣養殖場，而且當地每年都有**牡蠣祭**，由此可見，那裡的牡蠣養殖已十分成熟。室津牡蠣屬**真牡蠣**品種，旬是冬季。它有一個特點，就是每一隻都飽滿非常，就算把它們煮熟，也不會縮小到那裡去。

室津港被高山環繞，山上含礦物質的流水會流入瀨戶內海，鹹淡水交界的地方韻藏著豐富的微生物，牡蠣在這個得天獨厚的環境下茁壯成長。另外，日本的養牡蠣也與別不同，他們會把牡蠣吊在海中，使牡蠣能吸收從四面八方湧來的養份。而且，每隔一段時間，養殖戶就會把它們從海中揪出，小心地除去附在牡蠣上的一些海草和其他貝殼類，使牡蠣吸收到充分的營養，難怪每只都長得那麼圓潤飽滿。

我把今晚的室津牡蠣一口吃之，被處理過後，它們已經沒有海水味，取而代之的，是生海苔的鹹和橘子醋果凍的酸。果凍在我口中迅速溶解，包裹著肥美飽滿的室津牡蠣。蠔肉口感軟滑，把它咬破後流出來的汁液也十分濃郁，吃到最後還有一絲柚子的餘韻，非常不錯！

牡丹海老

生師父呈上一只很大的牡丹蝦刺身，隨後，再遞上一隻佈滿粉末的小碟給我……

「這是什麼粉？粉紅色的？」我問師父。

「這是我們用蝦殼磨成的蝦粉，你可以把牡丹蝦沾一點來吃。另外，這裏還有一個蝦味噌，是蝦頭的腦髓，請你也吃吃看。」

「蝦粉？」

「是的，把剝下來的蝦殼弄乾再磨成粉。」

「嘩！這個特別，讓我試看看。」

我夾起蝦身的肉，把它在蝦粉上印了又印，逐放進口裡。

牡丹蝦清甜，肉質軟糯，外層的蝦粉細脆，味道卻沒有想像般鹹鮮，如果能適當地混合碎岩塩，或是帶顆粒狀的戶田塩

（戶田塩是我早前吃天麩羅時嚐過的，詳情可參考我以前的食評：**厳選した旬の素材を五感で愉しむ**），味道可能會更好。話雖如此，但師父連蝦殼也沒有浪費，做出這種新穎吃法的精神，值得學習。

我夾起餘下的蝦尾肉，沾了些蝦味噌吃之。腦髓沒有經過任何調味，吃起來就是單純的甘鮮。尾巴的肉雖然沒有蝦身的肉那麼軟糯，但口感格外結實彈牙，好吃！

蛍いか

師父拿出螢烏賊，小心翼翼地把它們的眼睛和嘴巴拔走，盛好碟後，遞到我們面前。

「五月是螢光魷魚的季節，今晚的螢光魷魚十分新鮮，請你們

試試看。」生師父說。

我一口就是一隻，螢烏賊爽脆嫩滑，還帶有一點海水的潮香。吃畢後又喝一口酒，今晚的酒有點像 whiskey，酒精不但把烏賊的少許腥味帶走，而且還留下一點肉桂的甘甜。烏賊的Q彈，配上有深度的熟酒，好吃！

毛蟹・沢蟹

侍應把碟子收走，生師父接著呈上另一道菜。

「這是毛蟹，上面有它的蟹膏。」他介紹道。

「真漂亮，旁邊還有一隻蟹仔，像要爬山一樣。」朋友笑道。

「我覺得像加拿大 INUKSHUK 石像。」太座說道。

我陪著笑了笑，不管她們，立刻舉箸把蟹味噌（蟹膏）和蟹足肉放進口中。毛蟹味噌的味道一下子充滿了整個口腔，鮮味濃郁之餘，還十分黏稠，竟把我的舌頭和上顎稍稍黏在一起！我使勁地咀嚼著，希望從蟹肉中得到水份，以緩和那黏稠感。蟹肉香甜結實，越是咀嚼，蟹膏的味道越是香濃，鮮、香、甜、甘，味道不斷地交替著。蟹肉水份不多，反而是口中的唾液緩和了那黏稠感……好吃！

剩下的蟹肉早已混入了蟹膏，味道稍遜於剛剛那結實的蟹足，但也不錯吃。

看看碟子，上面就剩下一只孤獨的沢蟹，腳踏紫蘇葉，張牙舞爪地對著紫蘇穗，像在咒罵它幹嘛長得比自己高。說到沢蟹，大家又對它有多少認識呢？

沢蟹很有趣，就算是成年蟹，身體也只有一元硬幣般大小。它是淡水蟹，在日本的山澗溪流，都不難找到其蹤影。野生的沢蟹生於夏季，壽命只有一年，它們對水質很敏感，只要水一被污染就會死亡。平時吃小蟲和苔蘚，冬季還會冬眠呢！

有人認為，對水質敏感的生物，一定都十分乾淨，就像香魚一樣，甚至可以生吃。請大家千萬要記住，野生沢蟹是100%不能生吃的。它們身體有一種叫肺吸蟲的寄生蟲，吃了很有可能會傳到人體。

但，大家也不用太驚慌，現在我們吃到的沢蟹，99.99%都是養殖的。（哪有人還會上山捕蟹？）還有，沢蟹的殼十分薄，油炸後立即熟透，什麼蟲都死光光。而且，炸熟的沢蟹會變成漂亮的柿紅色，就像我面前這只一樣。

我把沢蟹像花生一般掉進口中，蟹沒多大味道，吃它純粹只是好玩，脆脆的口感也份外教人玩味。

「生師父，乾一杯！我祝你生意興隆，身體健康！」

「謝謝你！乾杯！乾杯！」

「生師父，為什麼叫『今鮨』？」

「哈！我也不知道，是公司改的。」

「你不是老闆嗎？還是和別人合資的？」

「都不是，是公司想試走高級鮨店路線吧！」

「能透露一下你公司的名稱嗎？」

「你知道『穴』嗎？」

「有聽過，好像在時代廣場，但沒去過。」

「我們是同一集團。」

「原來這裡是大集團經營。」

「是。」

「那你以前在哪裏做過？」

「當然在『穴』有做過，在『鮨森』也做過一段時間。」

「哪一間『鮨森』？炮台山？」

「對。」

「哇哇！那你等會的壽司不會使用赤醋飯吧！？」我緊張地問。

「哈哈，待會你就知道了。」師父從容地答。

平貝

生師父在ネタ箱（放材料的木箱）取出一只和小孩拳頭般大的平貝貝柱，平均地切成四片，放在碟子後，遞出給我們。我一看，原來除了平貝以外，還有兩片螺貝和冰菜。

「嘩！怎麼會有這麼大的平貝？！」我驚訝地叫道。「你看，比我的舌頭還要大！」我夾起平貝放近嘴邊，伸出舌頭。

「對，今天的平貝比平時大。」生師父道。

平貝和帆立貝都是我最愛的貝類，但兩者比較，我還是喜歡平貝多一些；它那結實的肉質，咀嚼時所滲出的海潮味，比帆立貝來得更有深度。在日本，平貝的產量每況愈下，現在大部分是從韓國輸入。除了貝柱以外，平貝的裙邊和卵巢都十分美味。不論是刺身、天婦羅、甚至御飯，都是老饕的不二之選。

今次我一反常態，沒有把它一口吃，只咬掉一半。其肉質之緊密，那種齒頰留香的感覺，令我捨不得把它一口吃掉……

「生師父，如果我想再吃，還有嗎？」

「有！我拿出來給你看。」

二師父一聽，立即蹲下身，從冷藏櫃中托出一只還沒有處理的平貝。

「嘩！那麼大只！」朋友叫道。

「要吃嗎？我可以叫人立即開。」生師父說道。

「暫時不要！讓我想想！我們先吃別的！」我抑壓著內心那高漲的情緒答道。

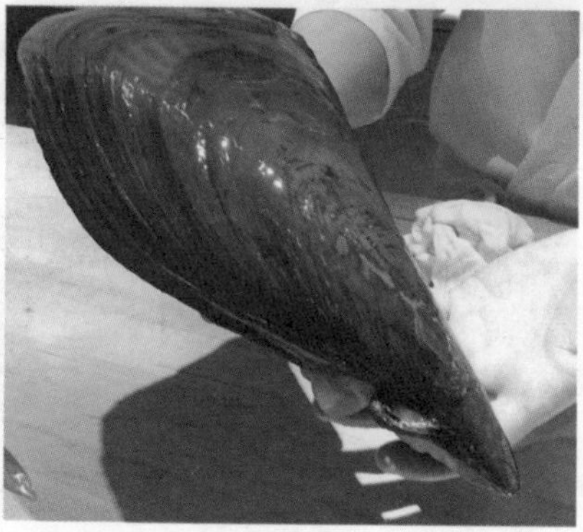

魬

內心的鬥爭被生師父的下一道菜給暫時遏止……

「這是魬（油甘魚），上面已經塗了醬汁，直接吃好了。之後可把後面的龍珠果吃下，清一清味蕾。」

「我最怕吃龍珠果，酸死了。」

「這個不但不酸，而且很甜！」

「真的嗎？」我半信半疑道。

我把魬一口吃下，魚肉結實彈牙，油脂適中，醬汁也不鹹，輕巧地把鮮味引出，不錯吃。

生師父見我把魚肉吃畢，微笑地看著我，那期待的眼神像叫我趕快試試那顆龍珠果似的。我拎起它，撥開四片枯黃了的葉片，把果實放進口裡。一咬之下，龍珠果的表面居然沒破，心裡正納悶，皮怎會那麼厚，它忽然爆開，波的一聲，汁液爆個滿口，酸味強，但餘韻也有丁點甜味，算是我吃過最甜的了。

我咪著眼睛，對師父說：「你騙人，酸死了。」

生師父無奈地看著我。

鮎の塩焼き・蓼酢

侍應從後遞上一道燒香魚。魚的身體扭曲，像在游泳一樣婀娜。

利害的是，師父還找來「蓼草」（**たで葉**）放在香魚的後面作點綴。

蓼草／蓼酢

右圖的蓼酢，是京都三星米芝蓮料亭「菊乃井」的三代目「村田吉弘」所調製的。

據說在香魚出沒的溪流旁，都會找到蓼草的蹤影。如果大家有在日本的高級料亭吃過香魚料理，可能都知道，師父會用蓼草做出一個叫「**蓼酢**」的醬汁供客人佐吃。蓼葉的味道有點辛辣，但它具有增進食慾、幫助消化、解毒等作用，自古就被人作藥材使用。

蓼酢的做法並不復雜，只要把蓼葉細心磨碎，再加入適量的酒、醋和小量白飯後，就變成「蓼酢」了。

我見太座一邊夾著魚肉，一邊把細長的魚骨挑走，便道：「其實有一個簡單的香魚去骨法。你先把香魚橫放，用筷子將魚身壓平，再在魚的背骨位置從頭到尾按壓數次，像這樣……」我邊壓邊說。「之後折斷尾巴，再輕輕折斷頭部，用陰力一拉，你看！像這樣，整條魚骨不是都被拉出來了嗎？」我完美地拉出魚骨，順便把香魚開為兩半。

我把去了骨的那條遞給太座，換過被她夾得細碎的香魚，魚皮燒得不錯，香脆可口，但魚肉部份稍為乾了一點……

「這是我們特別為吃香魚而調製的醬汁，你可以試試看。」

我接過小皿一看，綠綠的醬汁，像是抹茶一樣，這不會是我剛才所述的……

「這是用香魚後面那些葉所造成的。」說著往蓼草一指，「有點酸酸辣辣，十分開胃！」

這下真是喜出望外，在香港的鮨店居然可以吃到日本高級料亭的風味，更意外的，是生師父居然知道「蓼酢」。

我點頭示意，把一小塊魚肉沾上蓼酢吃之，蓼草的味道不夠濃烈，我覺得生師父調製蓼酢時應該沒有加入白飯，導致醬汁比較稀薄，掛不住魚肉。但我知道，不是每一個客人也能夠接受這種獨特的味道，所以適當的改動也是為了讓人容易適應。況且，改動後的蓼酢味道酸酸的，就像稀釋了的青檸汁，讓稍乾的魚肉變得濕潤之餘，味道也清新得多……好吃！

干瓢？

「在來就是壽司了。請問大家有什麼不吃的嗎？」生師父問我們道。

「可以給我一些漬物嗎？」

「好的。」

在生師父的吩咐下，二師父

迅速地把漬物擺放整齊，遞給我們。我一看…

「嘩！這是什麼東西？！葫蘆仔？我從來沒有見過，太新奇了！」

「是嗎？你沒有見過嗎？這就是干瓢仔。」

「干瓢？怎麼可能？干瓢的形狀像個沙田柚，上窄下闊；有些就長得像個小冬瓜一般，青綠色圓圓的。怎麼可能是葫蘆形的？我還見過未切前的干瓢果實呢！」

「這個真的是干瓢。」生師父道。

「是嗎？」我半信半疑，「沒關係，不懂是好事，我會去尋求真相的。現在先吃吃看！」

我把干瓢仔一口吃下，浸漬使它的表層濕潤，軟軟的，當我微微使力咬時，咯的一聲，中間最窄的部份斷開，變成一大一小兩個圓球，質感像在吃那種夏威夷果仁，十分有趣。味道鹹中帶酸，大的那顆圓球裏面還有果籽，咬下去有點點苦，味道特

別。但論美味，我還是鍾情於我的べったら漬。

瓢簞，ひょうたん

題外話：師父口中的干瓢仔，日本叫「瓢簞，ひょうたん」是干瓢的變種。古代植物，已有千年的歷史。古人們利用它作為容器、樂器、酒具等不同器具。有些瓢簞含有毒素，不能生吃，只

能作觀賞之用。食用瓢簞除了今晚吃到的酢漬外，還有酒紅色的紫蘇漬、味噌漬和醬油漬。

真想試試紫蘇漬瓢簞。

いろいろなお寿司

今晚合共吃了十四貫。

曾經在鮨森工作的生師父，採用的果然是赤醋飯，但一吃之下，我發覺這裡的赤醋飯沒有坊間其他鮨店採用的那麼濃。我曾經在 OpenRice 的專欄裏提及過，在日本，有些高級鮨店會準備三種醋飯（白米醋、淡赤醋和濃赤醋）來配合不同的食材。（有興趣了解更多關於「酢」的朋友，可參考我在專欄『**役割の物語**』内的文章）這裡採用／調配的，應該是淡赤醋了。

下圖的壽司從右到左，從上到下，分別是**縞蝦**、**大トロ**、**銀鱈炙り**、**喜之次炙り**、**赤鯥炙り**、**緣側炙り**、**鮪腦天炙り**、**鰹**、**鮭魚子**、**ねぎたくん巻き**、**梅紫蘇巻き和玉子**。

可能要遷就赤酢飯之故，所以大部份的壽司都偏濃味，整體味道不錯。

還是那句，一整晚不斷吃濃郁的味道，對味覺來說是一個負擔，而且吃壽司應有的起承轉合也變得不明顯。

幸好今晚的酒是熟酒，否則連酒的味道也可能難以彰顯。

今晚比較特別的：

大溪貝

「這是大溪貝。」生師父說。

「大溪貝？顏色分佈很像鳥貝，但形狀卻像石垣貝，是新食材嗎？」

「你吃吃看。」

我一手拿起壽司，放之入口。貝肉的質感比鳥貝厚但沒有其爽脆；也沒有石垣貝的軟糊感。硬要形容的話，只能說它質感像極北寄貝。味道不太突出，也沒有貝類的海潮氣息。

我覺得這大溪貝可能不是來自日本，可能是從台灣或韓國等地的食材吧。

海胆

生師父拿出並排好六隻竹碟子，在上面整齊地鋪上剛剛他用心切好的笹葉，之後拿出一盒全新的海胆放在我們面前：

「這是今晚最好的一盒白海

胆。」生師父說道。

大家目不轉睛地凝視著師父揭開盒子，盒蓋打開，黃澄澄的海胆整齊地排成三行，師父先握好六件酢飯，再用匙子小心地把海胆逐一放在醋飯上，灑上竹塩，分遞給我們。

大家知道怎樣去分辨海胆的好壞嗎？

看海胆，第一要看產地。日本

最好的海胆大都來自**北海道**，其次就是**三陸**和**北方四島**。

第二是看外表。好的海胆絕對不會是融化的。大家必須知道海胆這東西，除非是無添加的鹽水海胆或海水海胆（這種海胆都會被鹹水浸泡著），否則，他們都會放到含化學物「**明礬**」的溶液中泡一泡。而品質越差的海胆，泡的時間越長，目的是減慢其溶

化速度。（有關不同海胆和明礬的一些基本知識，可參考我以前的食評：**お久しぶりてす**，這裡請恕我不重複了）

第三是看品牌。日本北海道有三大海胆加工批發：**羽立**、**東沢**和**橘**，他們都是首屈一指的海胆批發，他們的海胆很少出現魚目混珠的情況。對日本公司來說，品牌的口碑比命更重要，所以如

果是這三間的出品，就不會差到哪裏去了。

第四是經驗。對買手來說，經驗是必需要的，他們光憑看就已經知道新鮮不新鮮。新鮮的海胆，色澤分明，顆粒也分明。有人比喻說漂亮的海胆就像剛剛煮好的飯粒一樣，是一粒粒豎起的。

今晚的白海胆，味道不錯，淡赤醋飯那種淡淡的酒粕香，為海胆添上一陣江户氣息，鹹脆的竹塩亦使軟軟綿的海胆增加了獨特的口感……好吃。

「可以問你一個問題嗎？」生師父突然問我道。

「不要太深。太深的我不會回答。」見他一臉認真，我也收起嬉皮笑臉。

「我想問你為什麼不選我們這裏的酒呢？」

「其實你們這裏的酒很好，像『黑龍』的『二左衛門』和『石田屋』、『十四代』的『極上緒白』，都是很好的酒。問題是價錢好像有一點貴。這個我絕對明白的，始終是打開門做生意嘛。」

生師父聽我這麼一說，像放下心頭大石般，也就咪起眼睛，笑了一笑。

勝山・純米・THE BRAVE SMOKER

這瓶特別的酒，試酒會介紹說是為特別喜愛吸雪茄的人而造的。可想而知，這酒的味道應該非常濃郁。

打開盒子，內裡除了有一張卡介紹如何吃雪茄以外，還有為何會有這瓶酒出現的歷史故事。在這裏，我就不說歷史了，如果大家有興趣知道的話，可以買一瓶來喝著研究。

這瓶酒的特色，除了是限量版外，它還是一瓶混合的酒。我所謂的混合，就是像威士忌一樣，將不同年份的酒混合而調配出酒造本身想要表現的味道。

瓶上寫著，這瓶酒混合了三個不同年份、不同酒米所釀出來的酒，而且各有不同的精米步合。

在這三種米中，最低精米步合是70%，所以這瓶酒亦以70%作為其精米步合數。

酒呈琥珀色，是瓶不折不扣的古酒。上立香（倒在酒杯中所散發出的香氣）有強烈的香菇、醬油、巧克力、肉桂等香氣（如果真的吸著雪茄來嗅，我懷疑能否嗅得出來）。一口喝下，酒的味道十分醇厚，甘口。味道除了堅果巧克力和玉桂外，還有一絲蜜糖的味道。酒精感不強，餘韻中等。面對今晚所有濃味的壽司來說，絕對游刃有餘。

作為餐後酒來看待，也非常適合……好酒也！

ご縁があったら…

要是有緣

在雜誌上看到這間鮨店要進駐香港時，我興奮不已。

回想數年前本人曾在築地其總本店內用膳，雖然不及一些名氣鮨店般高雅細緻，但以價錢論味道，絕對是物超所值。場內的師父個個開朗健談，進食氣氛也輕鬆愉快。難得他們來香港開店，我當然要第一時間吃吃看。

在開幕前一星期，我已致電訂座。不只這樣，我還集結了一班唎酒師，打算成為他們開幕日的座上客……

「多謝來電，你好。」一把溫柔的聲音從聽筒另一邊傳過來。

「你好，我想請問你們是否下星期開幕？」

「是的。」

「我想在你們開幕當晚來吃壽司，可以嗎？」

「當然可以。請問你們幾位？」

「九人，想坐吧檯。」

「請你等等，我查一下……呀！可以。」

「請問你們想訂幾點？」

「你們當晚想必爆滿，我可以吃六時，也可以吃八時。看你們的安排吧。」

「到目前為止，你是我們第一個訂座的客人，想不記得都好難，所以暫時你想幾點都可以。」

「是嗎？太好了！那我訂七點半可以嗎？還有，同行的都是唎酒師，所以我們可能會自己帶酒，你們有開瓶費嗎？」

「有，300元，但是我們這裏買一支，Free一支。」

「明白了。我考慮看看。」

訂座很順暢，和接電話的女生就新鮨店的種種談了大概五分鐘。就這樣，我高高興興地等待著日子的來臨。直到開幕前三天，鮨店那邊突然來電……

「有關三天後的訂座，我們現在只有兩款套餐 a la carte 的話可能暫時沒法提供，不好意思。」

「你的不好意思是，開幕當晚，你們的食材不會有太多，是嗎？」

「是的。」

「好吧！那我們就不來了，等到你們準備充足，我再來拜訪吧！」

在這幾個月間，我偶爾也會打電話詢問一下他們是否還在賣套餐，直至有一天……

「請問你們還是只有套餐嗎？」

「不！除了 Omakase 以外，我們也有單點 menu。」

「那即是說你們現在已準備充足了嗎？」

「呀！你是開幕前就打電話來那位了。」

「是的。我現在可以訂座了嗎？」

「可以，幾位？」

「依舊是九位，晚上八時？」

「會帶酒嗎？」

「會。我們會自己帶幾瓶，也會在你們這裏開幾瓶。還是買一 Free 一嗎？」

「是。」

「明白，請你跟師父說，拜託他進多一點特別的材料，我們吃很多的。」

「我會跟他說。」

今晚，我左手攜著酒，右手牽著太座，來到我盼望已久的這裡：**築地青空三代目**。

翻開暖簾，內裏燈火通明，高高的樓底相連著兩旁巨大的落地玻璃窗，顯得格外寬敞開揚。一眼望去，餐房至中有一個極大、可容納十五人的尺曲型壽司吧，五位師父被團團包圍。後面還有數張四人餐座，空間感十足。

侍應把我們帶到壽司吧的中間

位置，我一坐下，一位日籍的師父就「歡迎歡迎」地叫著，我也禮貌地回應。

寒暄幾句後，師父中突然出現一張熟悉的臉……

「哇！我認得你，但抱歉不知道你尊姓大名，你以前在『壽司廣』做的！」

「是，我對你也有印象，你以前來都是找富山師父，是嗎？」

「是。你的記性真好。怎樣了？連你也離開『壽司廣』？上次我在『今鮨』的時候也遇到你的同門師兄弟。」（如有興趣知道的朋友，可參考我以前的食評：**清潔感溢れる綺麗なお寿司屋さん**）

「我知你說的是誰。唉……很多人走得就走，連富山師父也走了。」

「我已在『今鮨』知道了。他說富山師父去了灣仔。」

「灣仔？已經沒做了。」

「那麼快？我估計哪裏也留不住他，但想不到這麼快而已。你知道他現在在哪嗎？」

「不清楚，好像說他去了中環。」

「沒關係，要遇到的，始終會遇到。」

師父同意地點點頭。

「請問要喝些什麼嗎？」侍應禮貌地問我。

「暫時喝茶好了。還有，我們帶了自己的酒來，請幫我們準備酒杯。」

「好的。請問你們知道有開瓶費嗎？」

「訂座的時候已經說過了。我們會在這裡開幾瓶的。請你把酒牌給我們看看好嗎？」

侍應點了點頭，取酒牌去了。朋友們陸續出現。

同時，日籍師父剛好在我面前處理著魚鮮……

「已經八時了，現在才處理？」我笑道。

「沒有辦法，今晚的魚貨來遲了，所以現在才能處理。」

「太好了。」我心想「看完你處理，我就知道今晚有什麼新鮮的可吃了，哈！」

師父從後面的發泡膠箱內取出一條漆黑的魚放在砧板上，二話

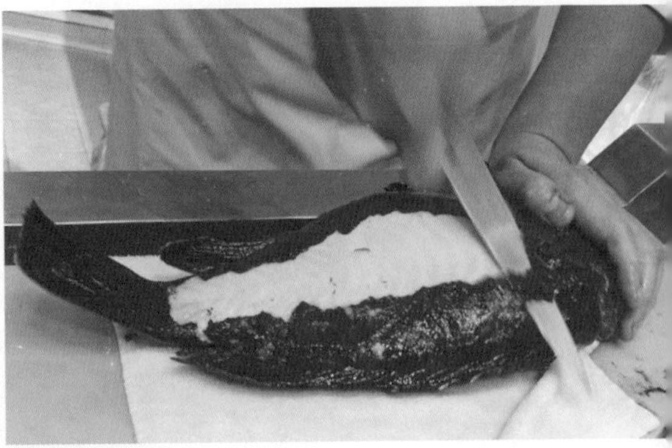

不說，立刻動刀切去魚皮……

「這是什麼魚？黑漆漆的，看不清楚。」我問道。

「這條魚叫『**ハタ**』，知道嗎？」

「當然知！『羽太』是嗎？」

「是，是，是！」

「太好了！今晚居然有**羽太**吃。」

「你要吃？」師父帶著「疑惑」地問道。

「當然要！新鮮的魚哪有不吃之理？」

另一邊廂……

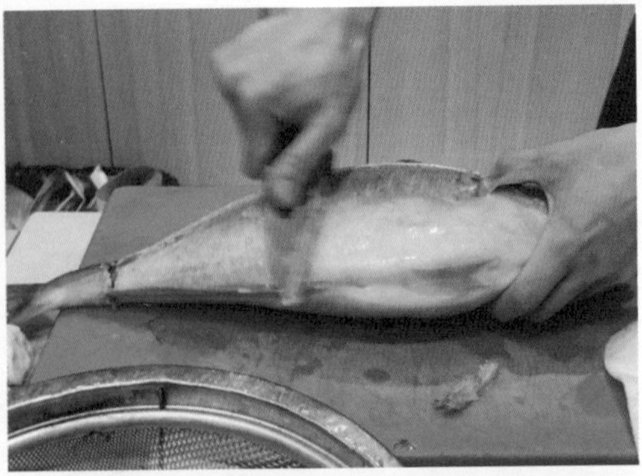

認識的師父亦正在處理一條縞鰺。

看他手起刀落，兩下子就把整條魚刮鱗切頭去內臟，起肉去骨再打包，動作純熟得很。

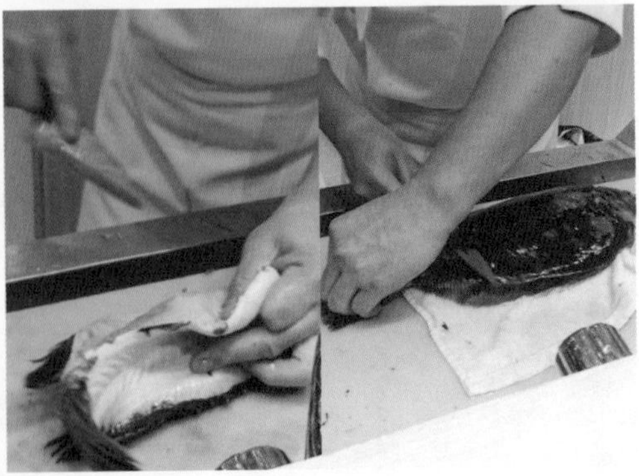

再回看日籍師父，他又從膠箱中拿出一條鰈魚來處理，動作流暢，刀功一點沒有拖泥帶水。這條鰈魚有一個特徵，就是魚尾的部份被切開，而且中間還有一個像針孔的紅色傷口。這特徵明顯透露了這條碟魚是經過「**活締**」處理的。

活締，是日本人發明特別用來處理新鮮活魚的方法，築地的賣魚人一定都會。他們先在魚背近頸和魚尾的位置，狠狠地刺一刀，直沒魚骨；下刀的力度必須準繩：太輕，切不入魚骨，補刀又會破壞切口的完整性；太重，就連頭和尾都被砍斷。

賣魚人先抓緊魚尾，從尾部的切口找到中軸骨的中心骨髓（一個白色的小孔，裏面就是整條魚的神經組織）。之後，用一條很幼的不銹鋼線（他們稱之為神經棒），從小孔的一邊插入，迅速地破壞整條魚的神經，這時候魚會不斷地抽搐抖動，形態有點恐怖。

魚在喪失神經的情況下，其死後僵硬的時間會減慢，從而達到死後在某一段時間內，魚肉還是像活的時候一樣新鮮。當然，每一種魚都有不同的活締法（有的在魚頭開刀，有的在魚鰓附近），其保鮮期也會因魚種、大小而有所不同。

有這麼上等的新鮮鰈魚，我又一次跟日籍師父說我今晚必吃（包括緣側）。奇怪地，他又露出一副「不會吧？！」的表情。

「你好，你就是第一個打電話來訂座的客人是嗎？」

「呀哈！你就是那位幫我訂座的小姐。我看你身穿的衣服和其他人不同，你定是這裏的經理了。」

「是的。我見你看師父開魚看得那麼入神，不敢來打擾你。你們好像還沒決定要吃什麼呢！」

「我就是等你來介紹的。」

「不如你們就試試我們這裏的Omakase吧！有刺身、熟食、蒸物、炸物，最後還有壽司、湯和甜點。」

「夠不夠吃？我最怕就是吃不飽。」

「如果不飽，你再加壽司好

了，但我相信你一定會吃飽。」

「那好吧，信妳！我們這裏一行人，全部 Omakase！」

「謝謝你的信任！我馬上幫你安排。」

經理向日籍師父大聲說出我們的選擇，師父也大聲回應，氣氛熱鬧。

在我們等待的同時，兩位師父繼續在我們面前處理魚鮮。日籍師父一手舉起一條長長的水蛸足，而香港師父就處理金目鯛。

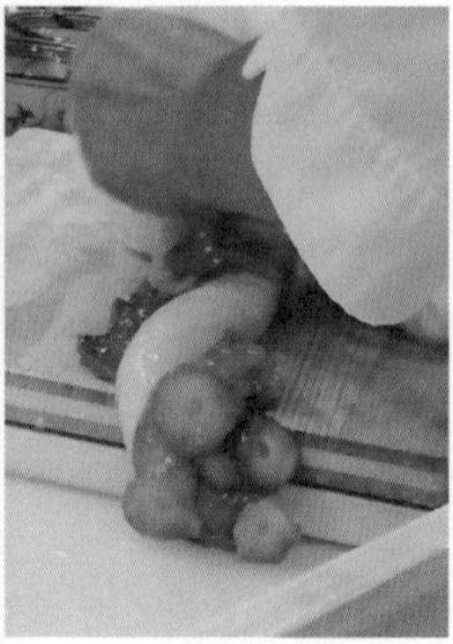

「水蛸嗎？」我問道。

「你認識蠻多的。」

「不是，只是剛好認識。我想吃吸盤，可以嗎？」

「好的，但你要等一下。」

我點點頭。

與此同時，侍應從後方遞上一塊黑色的陶板，這是我們第一道前菜：

鴨胸

兩片鴨胸肉架在一條秋葵之上，前面還有一抹黃芥辣醬。

我夾起其中一片放之入口，鴨胸不太柔軟，也沒什麼味道，幸好還保留了很多水份，吃起來不至於柴柴的，但味道真的非常一般。

我夾起第二片，抹上少許黃芥辣後吃下。黃芥辣的作用本要去除鴨胸的油膩感，但老實說，這兩片鴨胸根本沒什麼油，所以黃芥辣就毫不客氣地把鴨肉的味道掩蓋了。

今晚這個前菜，不好吃。

水雲・鮑

兩片鴨胸肉剛剛吃畢，就立即被侍應收走，第二道前菜已在後面準備呈上。

「左邊的是蒸鮑魚，右邊是水雲酢物，請大家慢慢品嚐。」侍應一邊放下，一邊對著我們說道。

像往常一樣，我拿起盛著水雲的小皿，一口氣全倒進口中。水雲很滑，酢也酸甜適中，非常不錯吃。可恨的是，水雲中夾雜著一些薑絲，雖然切得算幼細，但質感上和水雲就是有點格格不入，我明白薑的作用是要抑壓水雲的腥味，但如果把它取出，相信整個賣相和口感都會提升不少。

另一邊，三小塊鮑魚被放在一個鮑魚殼裡，我吃了其中一塊。老實說，吃過那麼多不同鮨店的鮑魚，我覺得這裡的沒有什麼特色；鮑肉芳香欠奉之餘，質感也較硬。不是說它不好吃，但比起我吃過的，這裏的就不怎麼樣了。

大トロ

認識的香港師父突然遞上一只白碟，上面放有一貫**大トロ**壽司，我心感奇怪，那麼快吃壽司了嗎？就算是，也應該是由白身魚開始吧？！我一邊接過碟子，一邊用懷疑的眼神望著師父。

「後面還有刺身、炸物、蒸物等等，這個壽司是『間場』的。」師父道。

雖然我有點大惑不解，但還是點了點頭。心想：「可能是這裡的特色吧！」

我剛把壽司拿起，手指立即傳來酢飯鬆散之感，連嘴巴也來不及放進，酢飯已開始斷裂。這種情況我以前也屢見不鮮。為免弄髒衣服，我連忙把壽司放到另一

只手掌心，然後像吃藥丸般，低頭張口，把壽司套進嘴裡，頭向後一昂，壽司隨即又落入口中。動作雖然有點突兀，但這算是最流暢的補救方法了。

剛才我的一連串手法，師父沒有發現，連身邊的朋友也沒有發現，但我心中卻懊惱著：今晚究竟誰要為我們握壽司？剛剛那個壽司又是誰握的呢？心中這樣想著想著，連味道是怎樣也忘記了。到我回魂時，口裡只剩下一撮嚼不爛的筋膜，和少許醬油的餘韻。

刺身

師父遞出陶碟，上有除了一塊鹽板和青檸外，還有一束淺綠色的山葵粗絲。

「這是**鰈魚**、**水蛸**、**吸盤**和**金目鯛**。」香港師父說道。

雖然這些都是我看著他們處理的魚種，但碟上每一片的魚肉，看其色澤紋路，通通都不是剛才的新鮮貨，雖然我心裏暗暗叫苦，但我還是抑遏著，安慰自己說：「鰈這種魚，必須要經過熟成，否則味道又淡，質地又硬，不好吃。」

跟隨由淡到濃的吃法，第一片要吃的就是鰈。鰈的肉質雖然柔軟帶甜，但卻少了一股芳香，如果加了醬油、塩等調味的話，就更難察覺了。今晚的鰈魚刺身，我覺得只是普普通通。

再來是水章魚。章魚的鮮度也只屬一般，雖然不至於嚼橡膠，但比起新鮮的章魚，卻又少了一份爽脆。不只肉的部份是這樣，連吸盤也如此。

我認為師父沒有好好地將吸盤在冰水裡冰鎮之故，又或者它不是今天的貨色。

最後是油脂較多的金目鯛。

魚肉雖然經過火舌的洗禮，卻只留下微微的溫暖感。

吃進口中，質地鬆散，沒有金目鯛應有的彈性，溫度也是曖昧的不溫不火。

雖然在味道上不至於難吃，卻令我難以相信這是三代目的出品。

牡丹蝦・赤貝

心裏忐忑之際，我看見認識的香港師父從他身下的冰櫃中取出一盒牡丹蝦。見他打開盒子，取了十來只出來，並立刻把它們全部掉進水中解凍。

我本是不以為意，但後來發現這些牡丹蝦是要用在我們下一道的刺身時，我心裡就不高興起來。

「這裏用的居然是冷藏牡丹蝦？」

雖然這不是什麼大事，而且在香港，採用冷藏牡丹蝦的鮨店也很多，但問題是，這樣的解凍法會令蝦肉變得糊口不好吃。在極端溫差下解凍，會破壞蝦肉組織，使彈性和爽脆度盡失。

師父用純熟的手法，以閃電般的速度準備好刺身盛碟後，立即為所有的牡丹蝦去殼。

我見他不到十秒就剝好一只，手法之熟練，簡直無懈可擊。他身後的師父，也不知在何時，已把處理好的赤貝放在碟上，配上剝好殼的牡丹蝦，立即遞給我們。

我一看，嚇了一跳。牡丹蝦的蝦頭裏居然有不同大小、紋路各異的片片雪花。記得小時候，老師說世界上絕對不可能找到兩片相同的雪花，今天，我居然在牡丹蝦的頭裏，清楚印證她的教導。

看到這樣的牡丹蝦刺身，我心裡已涼了半截，而且還有點兒想嫌棄它。我隨即轉吃赤貝。赤貝的味道普通，既沒海潮味，也欠缺爽脆口感；這也算了，就當作它不是盛產季節，但最可恨的，又是被我遇上那種不溫不火的曖昧溫度。

為求保存鮮度，赤貝最好當然是即開即吃；預先開好的，也定必放入冰櫃備用。即開的話，師父通常會將其浸泡在冰水中，令貝肉組織收縮，以達到爽脆的齒感。如果放在冰櫃備用的，取出時溫度亦都會非常低。但我今晚吃的赤貝，居然是室溫的，而且其口感不太像赤貝，反而有點像海蜇……我真的摸不著頭腦。

楚楚可憐的牡丹蝦被我冷落著，看其烏黑的眼睛，像是叫我先不要嫌棄，試一口看看。我把其尾巴剝掉，用手拿起那內藏雪花的蝦頭，一口吃之。以前我形容牡丹蝦，都很喜歡用「糯」這個字，今晚的牡丹蝦是「糊」的，沒有彈性，也沒有應有的甜度，不好吃（這絕對沒有受心理因素影響下作出的評價）。

帆立貝天麩羅

不斷的失望，使我的心情越來越沉重……

「如果我們現在叫停Omakase，不知道他們會怎麼處理？」我和旁邊的朋友輕聲說道。朋友雖不作聲，但也感受到我的不滿。說著說著，侍應們又從後面遞上下一道料理……

「這是炸帆立貝，請大家吃吃

看！」侍應一邊介紹，一邊把器皿放下。雖然我有點不滿，但還是禮貌地點了點頭。

帆立貝頗大，我一口咬掉一半，裏面除了帆立貝外，還有些一絲絲不知名的東西。我往餘下的半個帆立貝中查看……發現又是生薑絲。為什麼帆立貝要加入生薑絲一起炸？有更好吃嗎？我認為沒有。

在我百思不得其解之際，我抬頭問認識的師父：「為什麼你們的帆立貝天麩羅會加入薑絲？有特別的原因嗎？」

師父望著我，聳一聳肩，笑著答道：「可能他們覺得那樣弄會更好吃吧！」

這個答案徒增了我的不滿。我心想：「連自己公司的出品都不了解，憑什麼站在壽司吧呢？」

我把剩餘的炸帆立貝吃下，並且一口氣把整杯酒喝光。

「我真的不想再繼續吃這個Omakase了！」我說。

「如果你真的不想吃，我們一定挺你的，那你是不是要叫認識的經理來跟她談談看？」朋友說道。

像要回答老師提問般，我握緊拳頭，把手高高舉起。侍應過來問我需要什麼時，我就禮貌地轉告她，我想請經理來談一下。侍應「嗯」了一聲後匆匆離去。不一會，認識的女經理就在我後面出現……

「怎麼樣？有什麼可以幫到你？」

「對不起，但我真的不想再吃

這個 Omakase 了。」

「吓？？其實只剩下一道蒸的菜肴，之後就開始吃壽司了。」

她一邊跟我說，一邊吩咐其他侍應去廚房查看。

「如果可以停的話，我還是現在就想停了。你看看要怎麼算？」

「已經準備好了。」剛剛去調查廚房情況的女侍應回來報告。

「係囉，都已經準備好了，你就吃完這道再決定吧！」女經理跟我說。

認識的師父默不作聲地看著我，日本師父用疑惑的眼光看著女經理，或許他不知道我們在說些什麼，但此情此景，他也意會到有問題出現了。朋友們全部放下筷子，靜待我的決定。

我心裏很掙扎，在日本那麼好，來到香港就變了質，問題到底出在哪裏？

是日本師父輕視我們香港食客對分辨日本料理好壞的認知？還是香港師父的質素青黃不接？但說到底，我真的不曾吃過他們的壽司（剛剛吃的全部是廚房的出品，除了那貫大トロ），如果就這樣對這間店下結論，對三方（做的一方、吃的一方和看食評的一方）都不公平吧！

「好！再多試一度廚房的出品，之後就直接吃壽司。」我說道。

「好的，我立刻拿出來。」女經理答道。

間八と蛤昆布蒸し

女侍應和女經理一起把這道菜送上給我們各人。

「這是什麼魚？」我問認識的香港師父道。

「這是間八。」

我點頭示意，一口咬掉一半。口中立刻傳來一陣又鹹又苦的味道，鹹味來自塩和昆布，苦味就來自過多的酒精。

在日本料理裡，蒸物都以清淡為主——用最少的烹調來導出食物本身的真味道。

但今晚這個蒸間八，塩和酒都下得過量，加上昆布的鮮，令整個味道變得過份的鹹，甚至達到苦的程度。

間八，我只吃了一口就放棄

了。我再吃下半塊蛤肉，同樣的問題再現，只是今次沒有了昆布的味道，使其不至於太苦。

蛤本身那獨特的鮮，沒有在口中這半塊蛤肉中呈現；過量的鹹味和酒精完全覆蓋蛤香。整道菜我覺得最好吃的，是那粒被切成兩半的草菇。

皮剝

日籍師父繼續處理魚鮮，見他拿出三條小小的皮剝。

我立刻注意切開後掏出的皮剝魚肝有多大，並且告知他我要吃皮剝魚壽司。

「你還能吃得下嗎？」師父問我。

「當然，你覺得我已經吃了很多，但現在的我，跟沒吃沒兩樣。」

他別了我一眼後說道：「你還沒有吃壽司呢，我相信你吃完壽司後一定會飽的。」

「但願如此，否則我會徹底失望。」

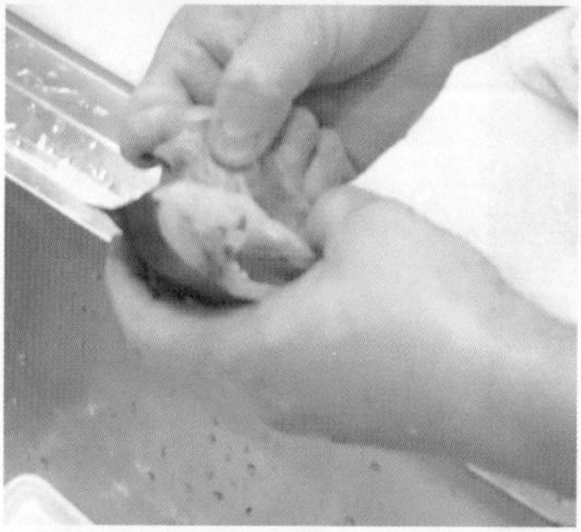

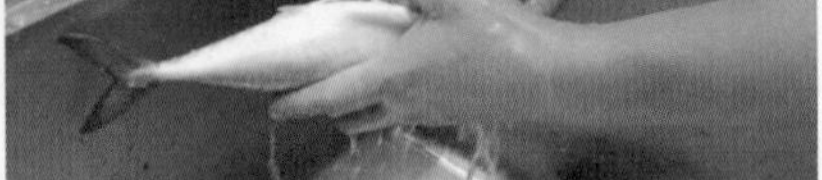

生鯖

師父繼續處理餘下的魚鮮。今次他從膠箱裏拿出兩條鯖，我看其色彩鮮豔，而且銀色的皮在燈光反射下閃閃生輝，是新鮮的表現。

師父看一看我，笑著對我說：「這你也要吃吧！」

「當然！這麼好的鯖，生吃最好！」

「不行！我們這些是要用昆布來醃漬的。」

「那不是大大浪費了新鮮的食材嗎？」

他沒有理會我。我見他把處理好的鯖用昆布包好，然後放在一個膠箱裏，我心裏想：為什麼不用新鮮的鯖，而要去做醃漬呢？雖然漬鯖的味道也不錯，但新鮮的材料應該新鮮用吧！在我想得出神的同時，香港師父在各人面前放上一片蘭葉，我知道要開始吃壽司了。

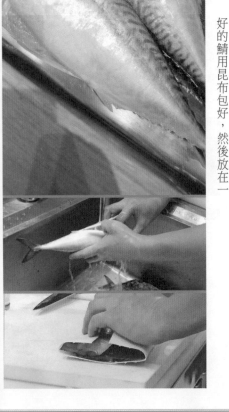

いろいろなお寿司
（第一回）

香港師父在我們面前把他握的壽司逐一放下，我心裡暗暗躊躇，我訂座時不是要求大師父握的嗎？難道他就是大師父？我看不太像。

如果直接點破又會很難看⋯⋯唉！

「請問他是這裡的大師父嗎？」我問認識的香港師父，雙眼同時向日籍師父瞄了瞄。

「是的。」他一邊放下寿司，一邊回答。

以下是香港師父握的八貫。從右上到左下：

羽太、鰈緣側、皮剥、鮭魚子、縞鰺、海胆、穴子、葱トロ巻き。

味道很一般，沒有太大驚喜。魚料鮮度不夠。

在吃鮭魚子和海胆壽司時，師父先在小碟中放入酢飯，然後直接把材料放上，這樣做可減少海苔對食材味道的影響。

本意是好的，但很奇怪，中間卻有一灘像果凍的東西。我夾了一些試味，感覺滑滑的，卻沒什麼味道。

我問師父這是什麼來著，他答說是用高湯做成的果凍。個人覺得這個果凍不太好吃，因為果凍不但稀釋了醋飯的酸，而且還蒙蔽了食材本身的真味。

令我最印象深刻的，是師父在製作卷物前，先用小火爐把要用的海苔給烘過，這個動作大大增加了海苔卷的香味和脆度，雖然這個卷只有簡單的蔥和鮪魚蓉，而且酢飯和餡料的比例也不勻稱，但海苔的美味卻不能不讚。

「哈哈！吃飽了沒有？」日籍師父問我。

「師父，請問你尊姓大名？」

師父徐徐地遞上他的名片。他叫「**中西元彥**」，是香港分店的料理長。

「中西師父你好，老實告訴你，我現在應該還沒半飽。」

「不會吧！他半信半疑地問道。「你吃了那麼多還不飽？」

「是的，你還有什麼好東西？」

「你還能吃得下多少件？」

「我希望你有什麼都給我吃，直至我說夠為止。只怕你沒有那麼多材料。」

我毫不客氣地說，把所有的不滿都發洩到他身上。

「那其他人呢？」

「他們應該差不多，你就握給我好了。如果他們看到有什麼想吃的，你再握給他們吧。」

「好的！那我現在開始為你握壽司了。」

「哈！我等你握壽司等了一整晚了。」

中西師父蹲下身，從冷凍櫃裏左翻右翻，又叫香港師父去廚房取東西，像對決前做準備一樣。

我也吃下幾片薑片，準備迎戰。

「這你也要吃吧！」

いろいろなお寿司（第二回）

羽太

「這是剛剛你看見的羽太，上面的……」

「……是塩昆布。」我搶著答道。

中西師父點點頭。

我拿起壽司往口裡放，塩昆布的鹹味隨著唾液擴散整個口腔，新鮮的羽太肉質結實，在咀嚼間，又隱隱滲出醬油的香味。

本來拿起壽司時，我還奇怪為什麼掃了醬油，還要放塩昆布，不會重複嗎？

吃在口中才知道，原來如果只得塩昆布，是無法令鹹味延伸至將整件壽司吃畢的，當塩味漸漸消散的時候，醬油的濃郁口味就上來填補，最後，當壽司緩緩滑下喉嚨之後，口中還有一丁點兒醬油的餘韻……

不錯吃。

赤身

「這是熟成的赤身，醋味噌調味，試試看。」

赤身在熟成的過程中，因魚肉本身的蛋白質被酵素分解，所以肉質變得黏稠，味道也變得濃郁，配合帶微酸的醋味噌，增加了口味上的層次。熟成鮪赤身帶

著微量魚血的腥，微酸的醋味噌正好中和，好吃。

帆立貝

我見中西師父取出一只十分巨大的帆立貝，之後又在表面縱橫交錯地切出整齊的方格紋路，令本來已很大的帆立貝頓時變得更大。師父右手握好了適當大小的醋飯後，立刻往帆立貝上放去，只三秒鐘，已握成壽司，灑上竹鹽，立即遞出給我。

「嘩！漂亮，像盛開的白菊！」我說。

「哪有？是切開的芒果。」微醺的太座道。

我拿起壽司，一口吃下，明知是冷藏帆立，但在竹鹽的襯托下，其甜味也表露無遺。貝肉柔軟……好吃！我邊吃邊點著頭。

「師父，帆立貝壽司，我也要一貫。」

「我也是。」朋友按捺不住地說。師父迅速滿足大家的要求。

之後中西師父也盡顯本領，製

作了不同的壽司來給我。

上圖從左上到右下：**白鱚**、**烏賊**、**赤貝紐**、**小肌**、**梭子魚**、**鯖**、**鮑**、**海胆**。

說到特別的，有以下兩款了：

大トロ炙り寿司

師父拿出一大塊鮪魚腹肉，從中切出一片，然後提起火槍，在魚肉上輕燒。他又吩咐其他師父將山葵刨成條狀，再放在灼熱的壽司表面，滴上醬油，遞了給我。我把壽司一口吃掉；老實說，刨成條狀的山葵纖維很粗，柴柴的不太好吃；而且，沒有經過仔細研磨，其香甜味無法散發出來。

我問師父為什麼要這樣做？直接磨成山葵泥不是更方便嗎？

「這樣的話就沒有口感了。」他回答道。

「難道他想給客人品嚐山葵柴柴的口感？」我心想。不過話得說回來，這件壽司的山葵沒有搶掉魚肉應有的香味，被燒過的脂肪散發著芬芳的氣味，不錯吃。

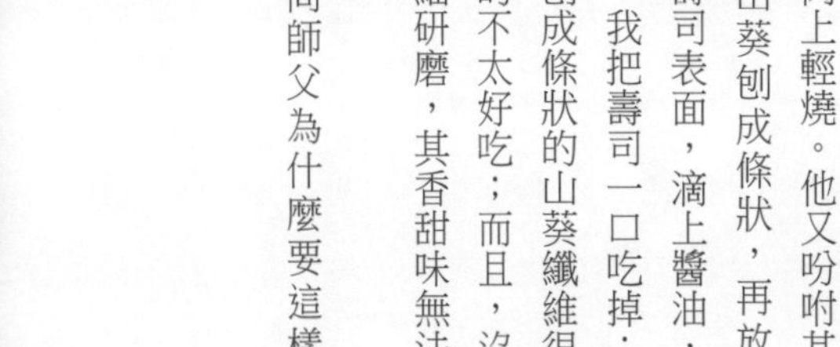

牡丹蝦醬油漬け

早在吃大トロ壽司之前，我已看到中西師父將一只剝了殼的「雪花頭」牡丹蝦放進一個小小的容器裡。

現在，見他從容器中掏之出來，把尾巴拔掉，在背部深深的開了一刀，握成壽司後迅速地往我面前的蘭葉上一放……

牡丹蝦變了深啡色，原來師父剛剛把牡丹蝦放進盛了醬汁的容器內漬了一會。

浸漬過的牡丹蝦被附上醬油香，像帆立貝，在鹹味的襯托下，才隱約吃到一點甜。可惜蝦肉獨有的彈性和黏糯還是欠奉，吃在口中，蝦肉還是糊糊的。

我曾經在北海道吃過一道用甘蝦做的冲漬，漁人趁蝦子還是活的時候將它們掉進調味過的醬汁中浸泡。

蝦子雖然有外殼保護，不易入味，但讓它們不停地喝下醬汁，變成由內至外地入味，有點像我們熟悉的醉蝦一樣。

吃的時候，簡單地拔掉他們的頭，第一時間將腦髓啜出，其鮮味混合著醬汁的香，簡直一絕。

趁口中充滿鮮味之際，趕快把整隻蝦子放入口中，用大牙在蝦尾端咬壓一下，蝦肉隨即往前面「唧」出一點，繼續這個動作兩三下，整條蝦肉就光脫脫地褪了出來。

吐掉蝦殼，吃著蝦肉，咀嚼的每一口都滲出醬汁，而且蝦肉又軟又糯，光形容都已流口水了。

「還有好吃的嗎？」我問。

「真有你的！今次真的給你吃光了。下次吧！你下次來的時候，請先給我打電話，讓我準備多一些好料給你！Omakase 什麼的，就別吃了。」

該是甜品了吧。」

「對！我們的甜品也很特別，請你吃吃看。」

「是什麼東西？」

「茄子。」

「什麼？」

デザート

侍應在各人面前放上一個漂亮的玻璃小皿，上面乘著一堆紫色的東西和兩小粒車厘蕃茄。我看那堆紫色的東西中間真的有著一粒一粒的籽……

「用茄子來做甜品我真的是第一次吃。」

「哈哈！意外了吧！這些茄子是用提子汁浸漬的，試試看！」

我吃了一塊，其質地不像茄[illegible]又軟又多汁，[illegible]像一個吹飽提子汁的 Lady Fingers，非常特別。籽的部份有點影響口感，但可能是師父有心留著，使食用者知道材料是什麼。茄子吃到最後，還有一點酒的餘韻……不錯吃。

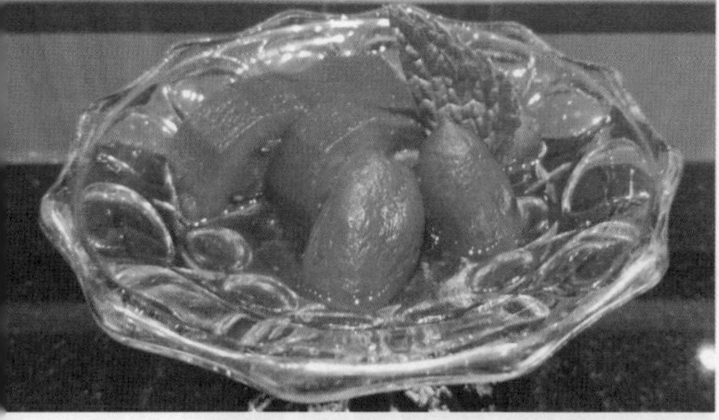

一如往常，我們又是最後一票離開的人。本想和中西師父道謝說聲再見，但不知道他跑去哪裏，只好黯然離去。直到電梯門打開，我們進去後，中西師父才匆匆跑出來，高舉雙手，向我們道別。

隨著電梯門關上，結束了今晚這一次「患得患失」之宴。

今夜のお酒

今晚我們合共喝了四瓶酒。小鼓的路上有花葵和新政 NO.6 X-TYPE 在以前的食評已介紹過，恕我不在這裏贅言了。

雪氷室・一夜雫純米大吟醸

除了新政以外，我還帶了數月前從北海道買的一瓶酒：由北海道旭川「**高砂酒造**」所釀造的「**雪氷室・一夜雫**」純米大吟釀。

「高砂酒造」有過百年的歷史，在北海道十分有名，除了釀酒外，他們酒藏還有很多和酒有關的紀念品出售，最有趣的，相信是他們的酒粕冰淇淋了。

在高砂酒造的銘柄中，最為香港人熟悉的，應該是「**国士無双**」了。但今晚品嚐的，是他們一支限量酒。

在酒盒中附有一張介紹這款酒的小冊子，記錄了很多有關他們如何收集此酒液的圖片。我以前只是有所聞，現在上圖有相片可看了。

他們每年冬天，都會在酒莊外建造一個直徑10米，高2.7米的大冰室，就像愛斯基摩人住的圓形 Igloo 一樣。之後把釀好的酒醪注入酒袋中，再把酒袋掛在這個冰室內預先準備好的木架上，讓酒慢慢滴下。

冰室內只有零下2度，在這個情況下，酒液裏的酵母差不多處於冬眠狀態，而且在一個近乎密室的環境內，不但酒精的揮發和酸化受到控制，連空氣中的雜菌也難以生存。在克服無數次的試行錯誤後，酒蔵終於掌握了最好的時間控制，釀造出他們自慢的「**究極の雫酒**」。

以山田錦精米至35%，此酒色澤如水，有十分明顯的米和白飯的香氣。

味道以旨味為主軸，醬油和香菇的味道此起彼落。酒體中厚，酸味和酒感均較強。可能是水質的關係，酒質滑，餘韻中等。應對壽司可能有點太強，配搭蒸魚的話，就恰到好處了。

刈穂・醇系辛口80・純米

另一瓶佳釀，是朋友從鮨店內挑選的。

刈穂酒造位於**秋田縣**。眾所周知，秋田是日本一個著名的產米區，而秋田的大部份酒蔵，都會採用秋田產的米來釀酒。

刈穂的酒蔵不大，只有12名蔵人用傳統的技術努力地堅持着，每年的產量只有二千石，每一瓶都是有血有汗的逸品。當中，他們又以釀造「辛口」最為擅長。

今晚的酒，用的是秋田產的「**秋田酒小町**」。這款酒米，是由「山田錦」經過15年不斷地試驗培植而成，其好處在於吸水性

強、低蛋白質（蛋白質在釀酒中屬於雜質），釀出來的酒芳醇，餘韻悠長。

精米步合80%，用「秋田酒小町」釀出來的「醇系辛口80」，色白如水，鼻子不用貼近杯邊，已感受到濃郁的稻米香，強烈的酒精氣息使我不得不拿起酒瓶查看其酒精度。一般的清酒大概15至16度，但這瓶酒卻有17度，以純米酒來說已算是頗高的酒精度了。

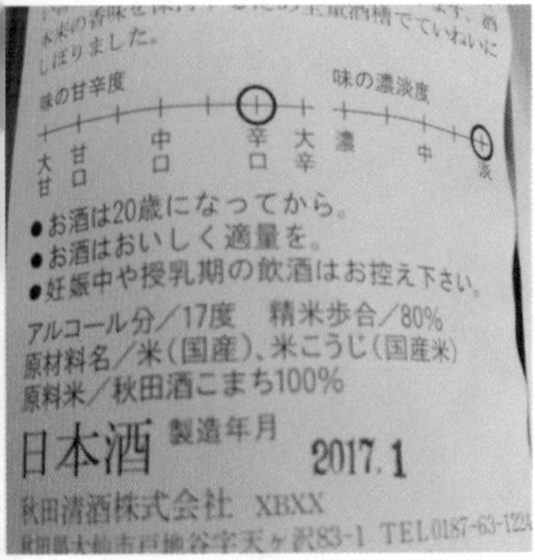

此酒入口有強烈的酒精感，稻米和白飯的味道相當突出，酸味高，比想像的還要辛口。餘韻強勁，和油脂度高的食物如壽喜燒、串揚げ等都十分匹配。

後記

這陣子比較忙，除了出了新書以外，還被邀請在雜誌上寫作。當我完成這篇食評後才發現，「築地青空三代目」的香港店已經閉店了。再沒有機會讓中西師父履行他對我的承諾。

但，我相信，有緣千里能相會。

初冬の贅沢（第一弾）貝の宴

初冬的奢華（貝宴）

早前在一晚宴上認識了《嚐日》月刊的Micky，和他甚談得來，一場晚宴吃著聊著，至十一時半還嫌不夠，續攤再聊。Micky不嫌棄本人才疏學淺，邀請本人在其雜誌內撰文，我本著一試無妨的心態，便「膽粗粗」答應了。

日本料理的素材極多，在他們雜誌裡提及過的也不少，要再找一個沒寫過的，一時之間真的有點傷腦筋。記得當時我給出的建議是說：「最好做時令食材的專題，讀者看後如有興趣，即可光顧料理店品嚐，不要『**春天講秋刀，看了吃不到**』」。最後，我們就決定以「**貝類**」作為大方向。

貝的種類繁多，而且一年四季均有不同的貝類上市，但想要一次過品嚐最多種類的話，入冬至初春間就是最好時機了。

在吃壽司的流程中，貝類通常排在白身之後，光物之前。但只要改變其烹調方法，它們也可以排在光物之後，與濃郁的味道分庭抗禮。

為打響頭炮，我就請求相熟鮨店在日本各地訂來數十種貝，並舉辦了一場貝宴，一來可近距離為最新鮮的貝類拍照，二來可深入了解各種貝類的處理技巧，最後還可細味品嚐時令活貝，一箭三鵰！

今晚我訂來了很多活生生的貝：長崎對馬產的平貝、九十九里浜的地蛤、江戸前富津產內紫

貝、三陸海岸產石垣貝、北海道活蝦夷鮑、北寄貝、岩牡蠣、榮螺等等等等。

這麼多不同的貝，究竟吃的先後次序應該是怎樣呢？在我和師父商量過後，決定還是由淡至濃這樣吃比較好，所以第一種上場的貝是：

平貝（ホタテガイ）

又名「**玉珧**」，有人稱它「**沙插**」。

它們大多在三十米水深的沙地生活；小平貝會把較尖的尾部插進沙中，再從貝內伸出像毛髮狀的觸鬚，像樹根般抓緊沙地上的沙礫碎石以作固定。長大後，其形態就像倒插在沙中一樣。平貝

的生長速度緩慢，像今晚這般大小的，最少也要五年。此外，在過度捕捉下，野生平貝已越來越少，現在日本也慢慢開始有人養殖平貝了。

雖然平貝和帆立貝的貝柱有點像，肉質卻有天壤之別。今晚的平貝肉質厚實，師父取出貝肉後還把它冰鎮了一會兒，好讓貝肉進一步收縮。

師父從冰塊中把像嬰兒拳頭般大小的貝肉拿出，然後整齊地切成四大片。

我見他想了一想，好像覺得貝肉還是有點太大，難以一口吃之，所以決定再在中間多切一刀，然後給我們每人遞上兩片。

光看貝肉已覺得它的纖維組織很緊密，而且在燈光下閃閃發亮。

我舉箸把其中一塊吃下，貝肉雖然非常冰冷，但肉質卻十分結實，而且彈性極佳。

咀嚼間，貝肉的溫度慢慢在口中回升，同時也滲出其磯香和甜味。

好吃！

帆立貝（ホタテガイ）

我相信帆立貝是香港最多人喜愛的貝，無論中菜、西菜，帆立貝都廣泛應用。在我以前的食評內也常常記錄許多關於帆立貝的美味，但有一點我好像從來沒有提及，大家知不知道為什麼帆立貝叫帆立貝呢？

原來以前的人相信，如果帆立貝要游泳／移動，它就會把朝上的殼葉打開，就像揚帆一樣，所以稱之為「帆立」。現在當然大家都知道，帆立貝游泳時雙殼是開合的了。

對我來說，最好吃的帆立貝一定是生吃，因為只要加熱，帆立貝的纖維就會收縮滲水，柔軟度減少，甜味也隨之流失。所以今次我請師父訂來的帆立貝主要是生吃用。但眾所周知，帆立貝也有野生和養殖兩種，到底兩種在味道上有多大的分別？就讓我告訴大家吧。

先給大家看貝殼，是想說明，今次我們訂的兩種帆立貝都是同等尺寸的。光看貝殼，大家可能

不知道有什麼分別，但開殼處理後，野生帆立的貝柱比養殖的更厚、更大、更飽滿。就算連開四隻，結果都是左邊野生的較佳。

試吃的結果更加明顯。我們首先品嚐右邊的養殖品，它的口感清甜軟糯，一絲絲的纖維組織有著不錯的回彈力，而且這樣即開即吃，鮮度上已比平常吃到的好出很多，起碼，表面還是豐盈濕潤的。但當我們品嚐到左邊的天然品時，發現口中物是屬於另一層次的。

剛剛提到，天然品的貝肉比養殖的飽滿得多，更多更強的纖維組織，照說也應該令它比養殖的更有彈性。但一吃之下，口中傳至大腦的感覺是「豆腐！豆腐！是鮮甜到不行的滑豆腐！」。

天然品跟本連纖維也感覺不出來，用「軟」一字不足以形容，我想它比較接近「嫩」的層次。除此之外，清甜度也比養殖的要好，而且糯的程度，還能讓它黏附在口腔上顎……驚豔！

如果以後大家有機會吃到野生的帆立貝，記得要感謝大自然的恩賜。

內紫貝（ウチムラサキガイ）

記得在籌備貝宴前，師父告訴我日本供應商那邊說有新貝上市，名叫「**內紫貝**」，問要不要試看看。我當然贊成。今晚，在師父拿出來時，看到它那大又白的貝殼微微張開，露出裏面呈粉紫色的貝肉時，我終於知道為什麼它有這個特別名字了。師父一邊飛快地把它解體，一邊呢喃道：「內紫貝，內紫貝，原來形容殼裏面是紫色！構造和淺蜊很像呢！」

完整解體後，師父分門別類地把貝肉、裙邊、貝柱肉、和水管整齊地排到我們前面的碟子上。

我把不同部位逐一吃下。水管結實耐嚼，潮香四溢，愈嚼愈有味。裙邊脆彈，咬時索索作響，齒感十足。貝柱柔軟帶甜，口感像糯米丸子。貝肉是四款中最為好吃的，質地有點像北寄貝，肉厚又充滿磯香。師父建議我們可加數滴檸檬汁，酸咪咪的，非常開胃！

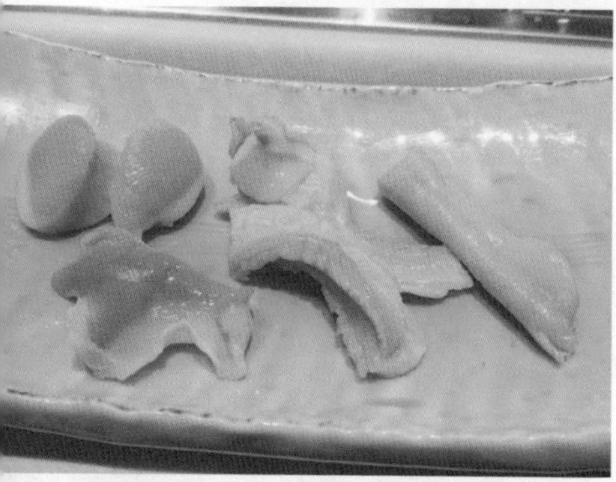

栄螺（サザエ）

在貝類當中，栄螺是數一數二的硬漢子，不管你生吃熟吃，其硬度不減。那為什麼還有人要去吃它？因為它的磯香是眾貝之首，而且餘韻悠長。

栄螺的外表大都有棱有角，像個粗糙的齒輪，但也有一些表面是光滑的。原來因產地不同、生長環境，甚至水流強弱，都會令栄螺的外表改變。

生活在海流湍急的石縫間的栄螺，表面粗糙，外形參差不齊。但棲息於內海沙地上的，表面就平滑得多。由此可見，就算是貝類，也懂得順應環境、適者生存的道理。

師父本推薦我們吃壺燒（把螺肉切塊後放回加了酒和醬油的殼內燒的料理），但在處理栄螺時

發現其肉質比以往的都要柔軟，就建議我們直接吃。

「生吃就最能體會得到螺肉的潮香了！」師父說。

處理後的栄螺只有小量的肉可吃，它獨特的潮香，不習慣的人可能會覺得這是腥味，由於螺肉硬而必須長時間嘴嚼的關係，師父就滴上檸檬汁，讓不習慣的人也能好好品嚐。對我來說，要吃就要吃最真實的味道，檸檬汁什麼的就免了。

師父說得不錯，今晚的螺肉的確沒以往的硬，但潮香不減，咀嚼時，濃濃的海水味充斥整個口腔，儘管在處理時已用清水洗過一次，但這種天然的海水鹹味已深深滲入貝肉內，成為這道刺身的天然調味料，不錯吃！

北寄貝（ホッキガイ）

今晚的北寄貝來自北海道。老實說，這是我見過的最大的北寄貝了。

當師父除去北寄貝的內臟，將它作蝴蝶開時，整塊貝肉足有半只手掌大，而且呈漂亮的紫灰色，太新鮮了！

北寄貝我已吃過很多次，但我發現，半生的北寄貝比活吃更美味。可能多了一道用火輕燒的手續，使北寄貝的水份蒸發，香味更加濃郁。

吃了各種貝類刺身後，我們就來一貫「**北寄貝炙り**」壽司作「間場」。

輕燒過的貝肉表面熱燙，焦香四溢，和背面夾生的冰脆口感互相補足，整件壽司顯得有層次有深度，非常好吃！師父把其緣側和貝柱塗上醬油後也燒它一燒，收縮的緣側失去了原有的爽脆口感，卻增添了一份鹹香和彈性……妙！

石垣貝（イシガキガイ）

現在大家看到石垣貝，應該不會感覺陌生，但大家又知否，早在數十年前，它幾乎是不被用作壽司材料的呢？

名字雖叫石垣貝，它卻不是產於南方沖繩縣的石垣島，乃是出自寒冷的北海道海域一帶。野生石垣貝的捕獲量非常少，所以，以前只有當地人才有幸品嚐。直到岩手縣成功培育出和野生味道不相伯仲的養殖品後，石垣貝才能真正普及。

「嘩！它的結構和『鳥貝』十分像！」我一邊看師父「脫殼」，一邊說。

「不是十分像，簡直是一模一樣。」

「那我們吃的也是其足部了。」

「是的！」

當師父把全部的石垣貝都處理

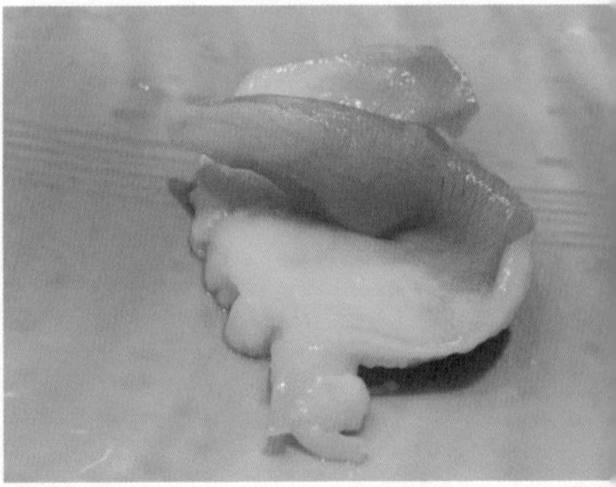

好後，頓了一頓，然後左手拿起貝肉，右手往貝身猛地一拍後，立即放在我們面前的碟子上。貝肉受到外來刺激後立即緊縮起來，尾部往上翹起……

「趕快吃！」師父催促我們道。

我拿起貝肉，沾上醬油後立即放進嘴巴，收縮中的貝肉口感十分爽脆，咀嚼時「索索」有聲。初時味道清淡，直到餘韻部份才滲出清甜。味道沒有「鳥貝」般獨特，但這等新鮮貨色，要遇上也絕非易事。

赤貝(アカガイ)

赤貝的產地除日本外，還有韓國和中國，三者之中，韓國產量最多，體形最大，最大的韓產赤貝可有成年女生的拳頭一般。相比之下，日本產的，尺寸最大也只有小孩的拳頭般；中國產的就更小只了。

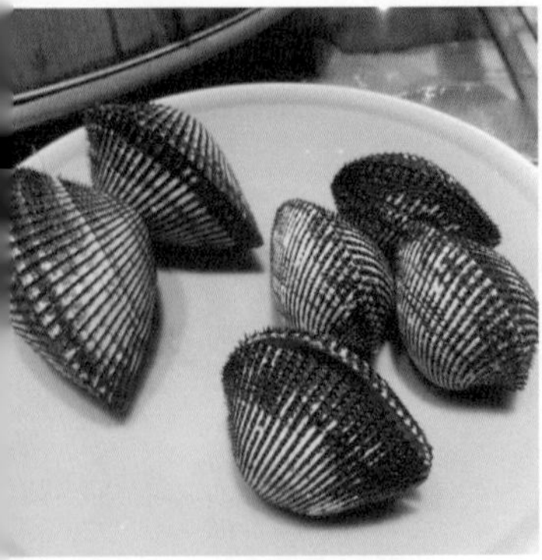

就味道而言，日本的味道最好，其次是韓國。

赤貝怎吃最好？當然是生吃。其實除了少部份煮熟後會變軟的貝類外，大部份貝肉加熱後都會硬化，這是由於貝類都是由含豐富蛋白質的肌肉組織組成。再者，吃貝的樂趣，不就是能享受貝肉的爽脆齒感和磯香餘韻嗎？

今晚我特別訂來從日本宮城縣閖上產的赤貝和韓國的赤貝來作比較，看看兩者在肉質和味道上有多大分別。

在師父處理赤貝的同時，我也站在旁邊觀摩，發現日本赤貝在破殼時流出的「血」又紅又多，相反，韓國產的「血」量較少，

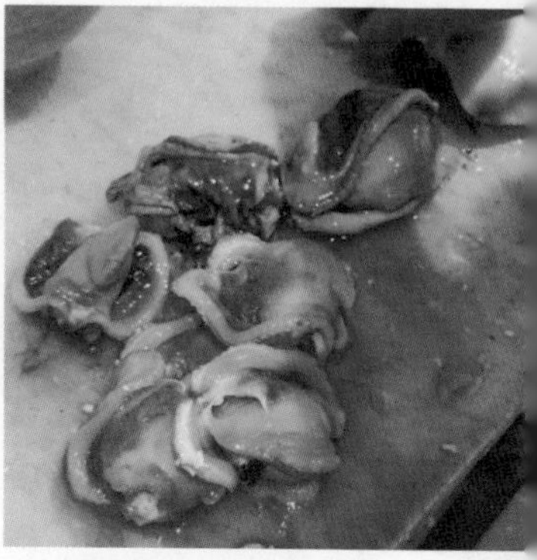

「血色」也比較淡紅。但說到貝肉大小，日本的卻比韓國的小一半有多。

味道方面，日本赤貝的肉質較柔軟，味道濃郁，雖然已清洗乾淨，但還是帶一點血的野味。韓國赤貝肉厚，而且極爽脆，雖然味道不及日本的濃郁，但論脆度和視覺震撼度，韓國則遠勝日本。

有看我食評的朋友都知道，赤貝除了貝肉好吃外，它的「紐（ヒモ）」也是老饕不會錯過的美味。

紐，是赤貝肉外圍的一束肌肉組織，負責分泌碳酸鈣以製造外層那個堅硬的貝殼。紐的口感奇脆無比，好吃程度絕不輸貝肉。有人拿它來做壽司，也有把它配上胡瓜做成卷物。但我覺得最好吃還是搭配**若芽**「ワカメ」，做成酢物，清新的酸味配合貝紐的爽甜，使人精神一振，胃口大開。

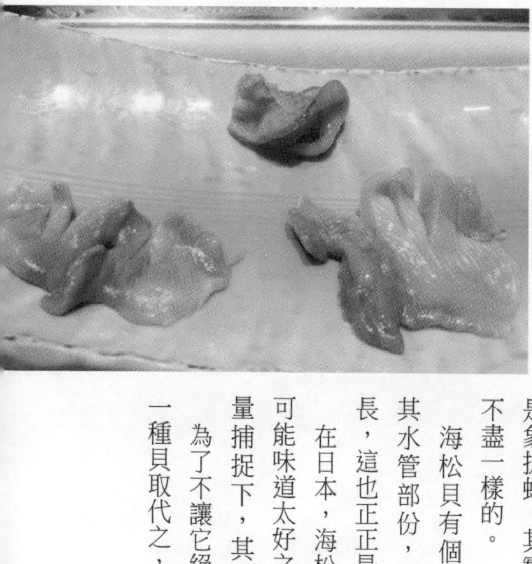

大家有機會不妨請師父做來品嚐看看。

海松貝／白松（波貝）（ミルクイ／ナミガイ）

說到**海松貝**，很多人都以為它是象拔蚌，其實海松貝和象拔蚌不盡一樣的。

海松貝有個深啡色的殼，在其水管部份，大到會有海藻生長，這也正正是它名字的由來。

在日本，海松貝屬珍貴食材，可能味道太好之故，在人們的大量捕捉下，其數量急劇下降。

為了不讓它絕種，人們找來另一種貝取代之，這就是大家稱為

「象拔蚌」的**白松貝**（**波貝**）。

波貝有個白色的殼，上面還有一層層像水波般的「**成長肋**」（就像樹木的年輪，記載著它的歲數），故得波貝之名。

波貝的水管比海松粗大得多，而且它散佈甚廣，除日本以外，美國和加拿大也有這種貝的蹤影。外國人不太吃，所以近年從美加輸入的波貝也越來越多。

今晚的海松和波貝產自**愛知縣知多市**，我把它們一併訂來作個比較。儘管他們形狀相若，但口感和味道上的差異卻不少。

海松的貝肉不太爽脆，卻有著馥郁的海潮氣息，且甜味深遠，吃後齒頰留香……

波貝雖沒有海松的悠長餘韻，也沒有其誘人的海朝氣息，但其脆度卻叫人驚艷。

因水管又粗又厚，吃之時更容易體會厚切帶來的爽脆齒感……好吃！

海松和波貝除了象牙色的水管部份可供食用以外，呈褐色的肉身其實也可入饌。

記得以前我做日本料理時，就

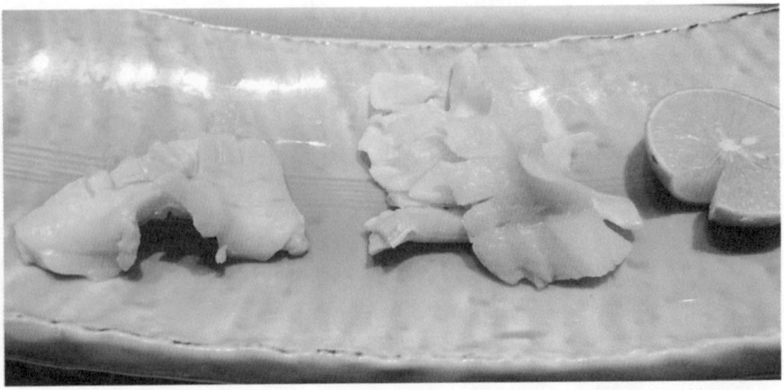

有一道非常受歡迎的下酒物叫做「**みる唐揚げ**」。

先將波貝後段的肉身切成薄片，放入預先調好味的醬汁中，再在醬汁內放入一定份量的片粟粉後轉放入油鑊中炸，出來的效果有點像日式炸雞，只不過它是一片片的。

下段肉身的味道有點腥，師父大都棄之不用，但如果改用了這個方法，以醬汁抑遏腥味，改用速炸的方式使貝肉不至變硬，且每一片都外脆內軟，不浪費食材之餘，還是送酒的一流美食呢！

蝦夷鮑（エゾアワビ）

說到貝類，怎能沒有它？素有貝中之皇的稱號，其身價也是數一數二的昂貴。蒸、煮、燜、焗，或是刺身，無論怎麼烹調，味道一樣可口。它甚至被人譽為「神饌」，在神舍中作為供奉神明的食物。

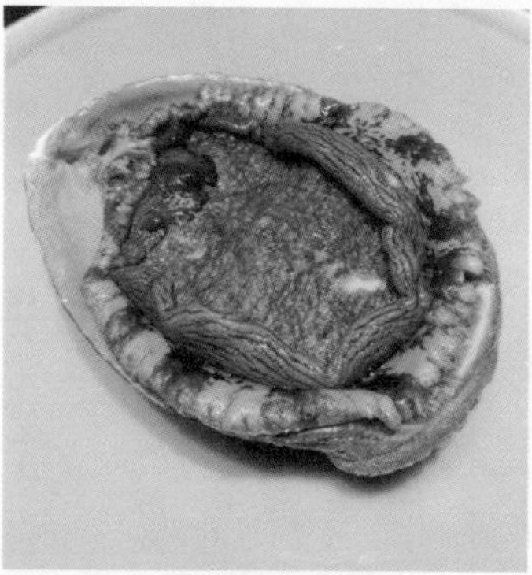

在日本傳統的法事、婚禮、鏡開、祝壽等，都有它的蹤影。它就是我們熟悉的鮑魚。

日本的鮑魚種類很多，但拿來了做刺身的，尺寸不能太小，否則去頭切尾後，就沒什麼肉可吃了。在日本，最好的兩種鮑魚，非**黑鮑**和**蝦夷鮑**莫屬。今晚，我就訂來了最大只的北海道蝦夷鮑來品嚐。

「你們的鮑魚這麼大只，我建議除了刺身外，還可以用牛油黑胡椒炒鮑魚片，要試試看嗎？」

「好的。」我高興地回應道。

不一會，師父在各人面前放上鮑魚刺身……

「圓形的是鮑魚連着殼的貝柱部份，整只鮑魚中最為柔軟。此外，我也切了一片鮑身的肉給大家比較比較。它比貝柱硬一點，但潮香澎湃，大家吃看看。」

我先把象牙色的貝柱肉吃下。如師父所說，口感果然柔軟，質

地和剛才吃過的平貝不相伯仲，雖然甜味差了一些，但鮑魚的香味就充斥整個口腔。我把鮑身肉也放進嘴巴。它結實耐嚼，難以一下子咬開，我唯有把它移至臼齒位置。當牙磨開鮑片之時，那種鮑香像是從撕裂的鮑魚細胞中併發出來似的，口中充滿鮑魚的幽香。雖然只有薄薄的一片，但鮮味驚人，不枉貝中之王之稱號……好吃極了！

不一會，侍應呈上牛油炒鮑片，鮑片炒後因收縮的緣故變得更硬，幸好師父把它切得很薄，所以也不算難咀嚼。炒過後的鮑魚沾了一身牛油的香氣，加上黑胡椒的丁點辛辣味道，用來下酒，一樂也！

牡蠣（カキ）

日本四面環海，在海岸線不同經緯，都找到牡蠣的蹤影，但最著名的產區，非北海道莫屬。

大家可能都知道，日本有「**真牡蠣**」和「**岩牡蠣**」兩種。真牡蠣冬天肥，岩牡蠣就夏天美。真牡蠣大多產於太平洋（日本東岸），岩牡蠣就雄霸日本海（日本西岸）。而今晚我就訂來這兩種不同的牡蠣來比拼一下。

第一種是厚岸產的，另一種是**仙鳳趾**產的，雖然兩者都產於北海道的厚岸灣附近，但還是有點區別。前者是在開放海域養殖，後者就靠近岸邊培養，不但吸收海裡的資源，還攝取森林山澗滲出的養份，可謂得天獨厚。

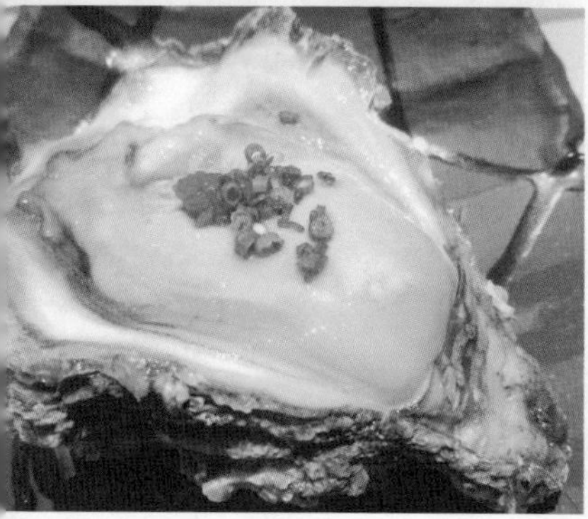

「蠔要怎麼吃？」師父問。

「仙鳳趾蠔尺寸較小，我們加點檸檬汁直接吃好了。較大的厚岸蠔我們選擇酸橘酢和之。」

「好的。」師父回應道。

仙鳳趾真牡蠣

鑑於味道濃淡的關係，師父先呈上仙鳳趾蠔。真牡蠣的特徵是體形瘦長，蠔殼較薄。我把檸檬汁加到蠔肉上，舉起蠔殼，一下子倒進嘴裡。

蠔肉質地軟滑，口感creamy，而且有金屬味，這是牡蠣吸取了山澗地層間大量礦物質的原故。濃郁的蠔味和海水鮮味得到了檸檬汁的點睛……

嘩……

簡直沒齒難忘！

說時遲那時快，師父再遞上另一款牡蠣……

「吃完仙鳳趾蠔後，試試厚岸蠔，看有什麼不一樣？」

厚岸岩牡蠣

厚岸蠔屬**岩牡蠣**，特徵是殼厚而且形狀較圓。肥大肉厚的蠔肉就算是我也無法一口吃下。我夾起像「薯餅」般大，又厚又重的蠔肉，咬了一下，蠔味雖沒有仙鳳趾蠔般濃郁，但口感水潤(juicy)，厚實的肉質要細嚼才能吞下。味道清爽，配着微辣的蘿蔔茸，和「醒胃」的酸橘酢……

好吃！喜歡哪一款較多？

我的選擇是：仙鳳趾真牡蠣。

螺貝（ツブ）

螺貝，又稱**蝦夷峨螺**，盛產於北海道又深又冷的海底之中。低溫使螺貝的生長速度非常緩慢，通常我們在鮨店看到，像女生手掌一般大的螺貝，起碼有十年之齡。像男生手掌般大的，最少也長了十五年以上。

如果大家有接觸或吃過螺貝，都會覺得它有一點滑潺潺，這些潺滑感其實來自螺貝體內一個叫「**唾液腺**」的器官所分泌出來的唾液。這些唾液，在幫助螺貝分解食物的同時，又能讓背著笨重身軀的它，在參差不齊的石面上靈活滑行。唾液本身含微量毒性，所以在處理螺貝時，師父一定會把其清走。

螺貝肉質較硬，遇熱會變得更硬，除非有非常厲害的刀功，把它切得薄如蟬翼，否則一般都是生吃居多。

螺貝是越大越重越好吃，今晚我們叫了兩只螺貝，一只是正常尺寸，大概 300 克左右。另一只是超過 500 克的大螺貝，看看是否真的越大越好吃。吃過以後發現其實兩者在味道上沒有太大的差別，但論潮香、爽脆度、甚至餘韻，大螺貝都比較突出。

可能是因為體積大，可以切出較大的螺片，從而能讓人更直接享受到滿口的磯香和奇脆的鹵感吧！無論如何，今晚的螺貝……好吃！

夜光貝（ヤコウガイ）

就算大家經常到日本旅行，相信也很難在東京、京都、大阪這等美食匯集的地方吃到夜光貝。

夜光貝盛產於日本南面的沖繩和鹿兒島海域，可能是處於溫暖水域的關係，夜光貝長得很快，一隻夜光貝，最小也有500來克，大只的，往往超過2公斤。不要看夜光貝外殼醜陋，其實只要把黑色的外層部份磨掉，貝殼內的珍珠層就會顯露出來，在光線的反射下，甚至會出現彩虹的七色，當地人常常會將珍珠層小心地削出，鑲嵌在漆盒上裝飾。這也可能是為什麼它叫做夜光貝的原故。

在香港的鮨店中，很少會吃到夜光貝，原因是夜光貝又重又大，光運費就已經不化算了。再者，夜光貝除了硬以外，它沒有像其他貝類般有獨到的特色，不香不甜，幾乎可以說沒有味道。

夜光貝很硬，咀嚼它真的會讓人有一點牙骹痛，但只要加熱煮過，它的堅硬度就會銳減。我們今晚除了品嚐生吃的夜光貝外，師父又建議用少許牛油和黑胡椒炒熟來吃。

炒熟的夜光貝變得柔軟得多，而且牛油的鹹香加上黑胡椒的辛辣，使整體味道變得更豐富、更有層次。老實說，貝肉在短時間內翻炒是不太會吸收味道的，但每當牛油和黑胡椒的刺激味道過去後，又可以嚐到夜光貝的礠香……師父的介紹果真不錯！

地蛤（ハマグリ）

地蛤，有人稱之為**文蛤**，也有人稱蛤蜊，是我最喜愛的其中一款貝類。

記得小時候，媽媽的梳妝檯上常常有一個白色的地蛤，打開蛤蓋，裏面竟是白色的潤膚霜，蛤蓋上有張印有金字的貼紙，寫著「**蛤蜊油**」。是真的用貝肉來提

但印象最深的，是那兩片蛤蓋為何能合攏得如此天衣無縫，沒有手指甲絕對打不開。我曾好奇地試着打開把玩，研究中間究竟用什麼來貼合的。可惜，在我還未找到答案前，便已給「眼利」的媽媽小罵一頓。

直到長大了才知道，原來世界上每個地蛤的兩片蛤蓋都是獨一無二的，就像人類的指紋一樣。如果失去了其中一片，天下間難再找到另一片匹配。所以日本人在婚宴時，定必有一道由地蛤做的菜式，寓意天作之合，世上再難找到另一半。

地蛤可以浸漬做成壽司、浜燒，也可以像今天一樣，拿來做湯。

看，愛極了：淺藍色的陶瓷碗盛載著金黃色的清湯，翠綠的昆布上放有一大只飽滿的地蛤，還有一片山椒葉作點綴。我急不及待地夾起蛤肉放進嘴裡，蛤肉沒有煮過熟，Q彈的口感令人驚艷。呷一口湯，地蛤的味道完全釋放在湯中，既鮮且甜，撲鼻蛤香。

一碗小小的湯，色香味俱全，作為貝宴的結尾之作，夫復何求？

初冬の贅沢

(第二彈)海老の宴

初冬的奢華（海老宴）

「**魵**」這個字大家見過嗎?猜一生物。

「**蛯**」這個字呢?

「**鰕**」這個字大家該猜到了吧!

透過以上幾個取自於不同朝代、地域的漢字，不難想像這種生物在我們祖先的歷史裡已有記載，而且，它比人類更早出現在

它就是我今晚的主角：**海老**。

海老的種類極多，要不然，史書上就不會有那麼多不同的漢字來描述它了。

曾有人對我說：「蝦就是蝦！

日本人聯想力真的特別豐富；看到長着鬚、彎着腰、活在海，就來個擬人法，叫它做『**海老**』。」大家是不是都這樣認為呢？

嚴格來說「蝦」和「海老」不同。體型較大，在海底行走的，稱為海老：如伊勢海老、團扇海老。體型細小，在海中會游泳的，稱為蝦：如櫻蝦、白蝦。

「等等！我見金魚街很細小的蝦毛仔也會行走，那蝦仔也能叫海老嗎？」我想這個答案如果在從前，就會有漁人出來反問：

「你有見過伊勢海老游泳嗎？」

無論如何，今時今日，基本上已沒有人再這樣細分了。就像今晚，我管它是蝦、是海老，還是魵、蛯、鰕……只要好吃，就是好蝦！

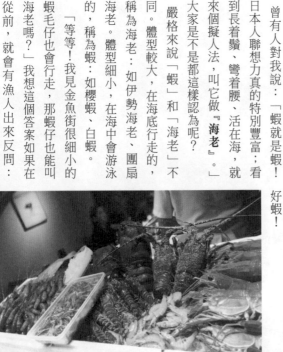

多得相熟鮨店鼎力配合，繼上回的貝宴後，今晚，我們再接再厲，找來十一種蝦，辦了一個「**海老の宴**」。

車海老

師父在剛從日本送來的保麗龍箱子內取出一大袋塞滿木糠的透明膠袋，打開一看，一只只車海老一動不動地沉睡著。

師父輕輕的撥開木糠，小心翼翼地把它們逐一取出並放進盤子裡，再用清水把其身上的木糠沖走。這時候，眾海老都像洗了個冷水浴般活潑起來，在盤子內跳個不停，有幾隻甚至跳了出來。可真是生龍活「蝦」！

師父二話不說，先把一半數量的車海老交到二師父手上，吩咐他拿去廚房稍稍燙一下，且千叮萬囑絕不能過熟。二師父應了一聲，跑進廚房去了。那邊廂，師父立刻將餘下的車海老剝殼，為我們製作今晚的第一貫壽司：

車海老の躍り

躍り，跳舞之意。換言之，就是「**跳舞的蝦**」。師父用最純熟的手法，以最快的速度把活蝦剝殼並握成壽司遞出，放上來時，半透明還脈動着的蝦肉，連繫那閃耀彩虹七色的蝦尾……漂亮極了。朋友一邊觀看，一邊「還在動！還在動！」地叫過不停。我不管那麼多，立刻一口吃掉。

蝦肉冰冷，只輕輕一咬，肉身迅速斷裂，爽脆無比，而且味道

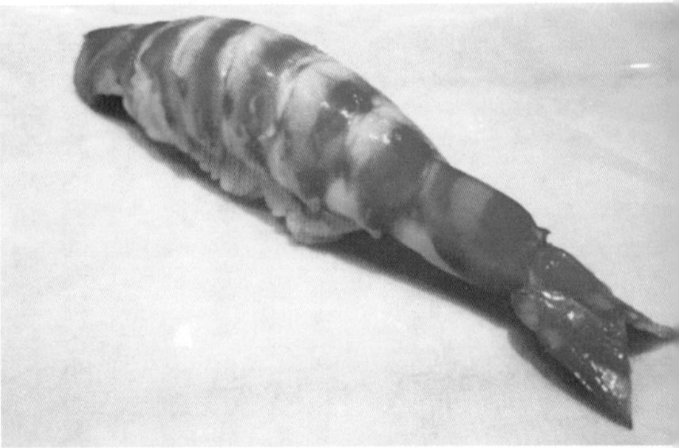

清甜，肉質緊緻彈牙，再配上壽司醬油和丁點兒檸檬汁……好吃！

茹で車海老

二師父從廚房走出，把燙過並冰鎮着的車海老交到大師父手上。大師父仔細地剝頭去殼，又將殷紅色的蝦身作蝴蝶開，按上醋飯，握成壽司呈上。

一看那橙紅色的蝦肉和清晰的條紋，已知其鮮度絕非一般雪藏蝦能夠比擬。

燙過的車海老肉質比活吃時更彈牙，甜度也是活吃時的好幾倍。師父在剝殼時，刻意保留頭部腦髓的部份，令整體味道除了甜之外，還有甘鮮。此外，調配過的醬油令甜味更特出，鮮味更悠長……太好吃了！

芝蝦（シバエビ）

其實，當師父提議吃這款蝦時，我已覺得十分奇怪，據我所知，芝蝦大都用在製作天婦羅、**おぼろ**（粉紅色或黃色的魚粉）或玉子燒。生吃？可以嗎？又，好吃嗎？

今晚的芝蝦不算大，只有食指般長短，做壽司的話可真嫌太小

了。師父認為沒關係，反建議我除了吃壽司，還可來一道「**芝蝦素揚げ**」（酥炸芝蝦）。我當然舉手贊成，一蝦兩吃，妙哉！妙哉！

芝蝦素揚げ

和車海老一樣，師父先留下一半芝蝦來做壽司，另一半就直接送到廚房。

不一會，二師父從廚房拿出剛炸好的蝦，轉交大師父處理。大師父拿出碟子，把炸蝦平均地分給各人。我看蝦的表面炸得非常乾爽，就立刻試吃一只。

口中傳出「刹」的一聲，連旁邊的人也聽到；外殼部份炸得酥脆不用說，厲害的是，裏面的蝦肉還保持濕潤和彈性，如沒有適當的油溫，絕對做不出這種外脆內潤的程度。

蝦肉雖然沒有車海老那麼甜，但勝在蝦味濃郁，肉質結實。吃一只蝦，喝一口酒……大樂！

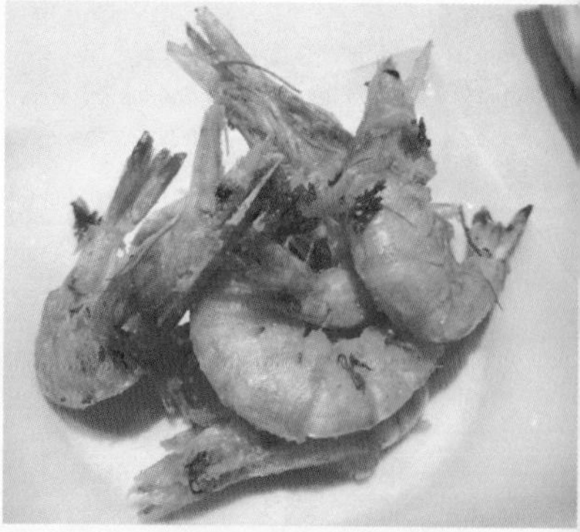

芝蝦寿司

轉眼間，師父已在我們面前放下芝蝦寿司。老實說，灰黑的外表的確不吸引，但當放入嘴巴嘴嚼之後，我的想法改觀了。蝦肉十分有彈性，不但沒有怪味，我更認為，蝦味還會是眾蝦之冠。當然，如果想品嚐蝦的甜味的話，芝蝦可能無法勝任，但如果想在料理裏品嚐到強烈蝦之風味，芝蝦絕對是正確的選擇。

白蝦

富山灣產的白蝦，相信已是無人不知無人不曉的美味了。但大家又知不知道，以前白蝦是富山的「當地美食」，絕少出口到其他地方的，因為白蝦在捕獲後，很快就會由原來漂亮動人的粉紅透明變成乳白再變黑色，經不起長時間運送。

近年多得發達的冷藏技術和高效率的運輸系統，我們才能品嚐到白蝦的美味。還有，白蝦的甜度，是普通蝦的五至七倍，此等美味，在今晚的蝦宴中，怎能沒有？

本來師父提議把白蝦做成前菜，但我認為，一開始便吃這樣甜的蝦，會降低其他蝦的美味度，而且，應該與吃壽司或品酒的原理一樣，由最清淡開始吃到最濃郁，中間要有其它的味道作「間場」。所以，白蝦就被我排到第四道去了。

今晚的白蝦，因為沒有經過長時間的儲藏，所以蝦肉表面依然濕潤，在燈光照射下顯得格外晶

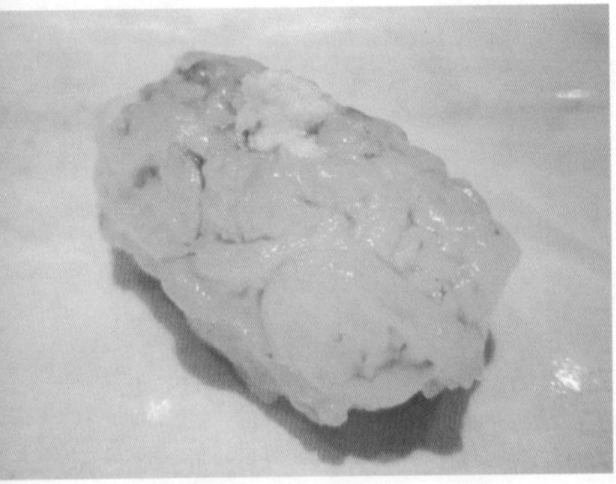

師父以純熟的手勢，握出壽司後放到我們面前，我拿起壽司一口吃下，白蝦的口感又軟又糯，雖然壽司已掃上醬油，但完全無阻它那好比麥芽糖般的甜味，還有，眾多的小蝦肉像是糊作一團，但在口中卻能自然散開，伴著酢飯和香甜的山葵，緩緩滑進喉嚨……

伊勢海老

像車海老般，伊勢海老同樣是活著運來的，所以當載着伊勢海老的紙箱給打開後，它就立刻精神起來，好像跟我們抗議說「為什麼要把我關這麼久」，還立即舉起那長長帶刺的觸鬚示威。

師父一手拿起，它就用力地拍著尾巴，師父的手給拍了一下後，痛得差點撤手，無奈之下，師父雙手拿起白布，猛地在它的頭和身體之間用力一扭……

洗淨和冰鎮後的兩塊龍蝦肉呈現不同的顏色，席間朋友問師父為什麼會這樣，是否品種不同之故？

師父解釋是因為其中一只龍蝦快要脫殼了，所以蝦肉就會呈現桃紅色。

聽他這樣一說，長知識了！

今晚的伊勢海老，我沒有選擇吃刺身，反而請師父握成壽司。連師父也說這是他首次握伊勢海老壽司呢！對我來說，這是我第三次吃龍蝦壽司了。

其實這也是對師父刀功和手藝的考驗。吃過龍蝦的朋友都知道，新鮮的龍蝦肉是一團的，如何將一團極富彈性的蝦肉，切成適當大小的八片壽司料，實在不容易。

見師父逐一拿起兩塊龍蝦肉，團團轉地看了看，隨即拿起柳刃（刺身刀），憑著豐富的經驗，果真被他切出八片大小均一的蝦肉來。之後，師父再一貫一貫，有條理地握着。

活伊勢海老壽司，最後終於放到我面前了。

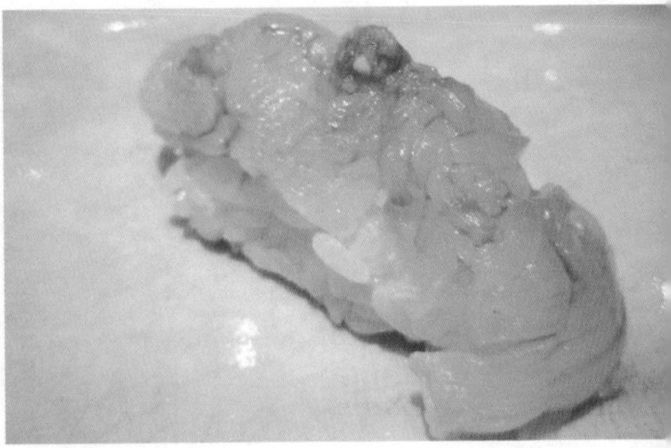

發現其實龍蝦肉是一絲一絲的，這些絲狀的組織，全都是肌肉，所以師父的手被其尾巴擊中，真的不是鬧著玩。但對食客而言，肌肉意味着肉質充滿彈性。

我把帶透明感的龍蝦壽司一口吃下，嘩！龍蝦肉那種爽脆和彈性，比剛才活跳跳的車海老有過

冰冷的蝦肉配合微暖的酢飯在口中繾綣……

此刻，無言……

桜蝦

名字的由來，我想我不用多介紹。在日本，90% 以上的櫻蝦，都產於**靜岡縣**的**駿河灣**，在當地，它甚至有「海中寶石」之稱。

但大家又知否，原來櫻蝦不是只有春天（三月春漁）才能捕獲，秋季（十月秋漁）原來也是它盛產的季節。今晚我們要吃的，正正就是這種十月櫻蝦。

以櫻蝦入饌的菜色多不勝數：天婦羅、釜飯、煮湯、拉麵、涼拌，甚至生吃都有，我亦相信很多人吃過，但問到究竟櫻蝦是什麼味道時，答案大都含含糊糊：

「脆的」、「沒什麼味道」、「很有蝦味」等等。

如果你的答案是「脆脆的很有蝦味」，那閣下吃的，很可能不是新鮮的櫻蝦，而是像蝦米般，已曬乾的櫻蝦乾了。

桜蝦唐揚け

難得拿到又大又新鮮的十月櫻蝦，本想就這樣生吃，但又怕它那帶尖刺的蝦頭會戳破口腔，最後還是決定生炸。

先把櫻蝦和薄力粉稍為混合，篩走多餘的粉後，再放進油鑊裏炸。櫻蝦單薄，只需炸數十秒即可。炸好的蝦變得鮮豔奪目，而且每只蝦都炸得十分完整，就連黑芝麻般細小的眼睛也能清楚看到。

我夾起一只，放之入口，口中傳來的，除了外殼那酥脆的口感外，還有蝦肉的甜。

雖然只有一丁點，但要察覺到它的蝦味也不是難事。它不像芝蝦般有着濃郁的蝦味，但那種微微的甜，絕對讓人想一吃再吃，就像我，不需一會，整碟掃光！

上半場的蝦宴都是以清淡為主軸，來到下半場，就讓我們把味道慢慢推至濃郁。

甘海老

在香港的日本料理裡，最常看到的蝦，應該就是甘海老了。我曾經見過一些剝好殼的甘海老，整整齊齊的排在一塊發泡膠上，然後被真空處理。用時只需把膠袋剪開，就可以一尾尾地拿出來製作壽司，方便快捷。但這些甘

白，好吃與否，則見仁見智。

今晚我們的甘海老產自北海道，當師父在盒子裏拿出來的時候，各人眼前一亮，每一隻都是色澤艷紅，在燈光下閃閃生輝，蝦足間還藏着像藍寶石般的蝦卵。

師父熟練地剝掉蝦殼，剝殼後將兩只大小如尾指般的蝦肉並排後握成壽司，再掃上醬油，遞上給我們。

新鮮的甘海老又甜又糯，每一次的咀嚼，蝦的甘甜都在口中爆發，在醬油的提鮮下，那鮮甜之味更是昇華。

其實，剛剛吃過的白蝦也是極甜，但和甘海老最大的分別，在於前者的甜是一瞬爆發的「麥芽糖暴走」，後者則是悠長而深層

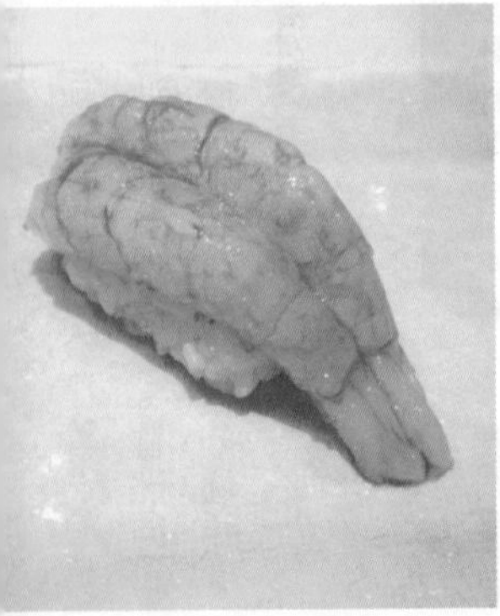

還在口腔中不斷蕩漾著……好吃！

縞海老

縞海老和**甘海老**同樣來自北海道。這種蝦，身上滿佈着白色條紋（**縞**，在日語中有條紋之意），見到這個的特徵，就知道是縞海老了。在日本，它屬於珍貴的生物，因其產的數量不多，導致市場供應不穩，有時還會缺貨，是想吃也未必能吃到的珍品，身價亦因此水漲船高。

今晚我們非常幸運，能吃到這樣的蝦。師父刻意把縞蝦卵放在握好的壽司上，增加可觀度之餘，還可品嚐卵子的味道。

縞蝦雖然沒有甘蝦的軟、糯、甜，但蝦肉的Q彈口感要比甘海老出色，蝦味亦比較清爽。但爾咬到那金黃色的蝦卵時，還會「嗞波嗞波」地爆破，雖然卵子沒什麼特別味道的，但卻增添了整件壽司的玩味性，不錯吃！

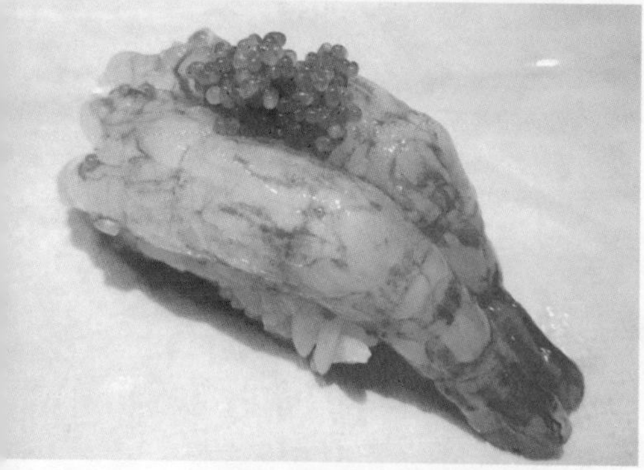

牡丹海老

牡丹海老只是俗名，人們看它外殼長得紫紫紅紅，像牡丹般漂亮，所以叫它做「牡丹海老」。其實其真正名稱是「**富山海老**」。顧名思義，和白蝦一樣，它也是富山縣產的著名蝦種。雖然北海道也有捕獲，但論質量，還是富山灣產的較勝一籌。

新鮮的牡丹蝦難求，而且價格亦比較高，所以大部份鮨店都採用急凍品。究竟兩者之間在味道上有什麼分別？

我們即興請師父為我們來一個牡丹蝦較勁：**新鮮 vs 冷藏**。

新鮮的牡丹蝦肉呈半透明的橙紅色，口感軟糯，肉質極富彈性，而且鮮甜可口。

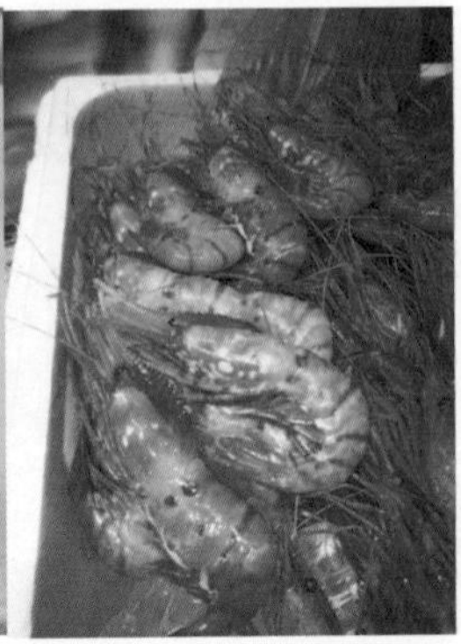

冷藏的蝦肉是乳白色的，雖然還保留了不錯的甜味，但因冷藏再解凍的關係，所以蝦肉喪失了本來的彈性。

師父先挑出蝦頭內的膏，再混合適量的醬油，做出「**蝦味噌醬油**」，之後把它澆回壽司之上，這樣的牡丹蝦壽司吃起來，甘香鮮甜，用在冷藏的牡丹蝦上，以料理手法彌補材料上鮮味的不足，高明。

鬼海老（おに海老）

這種蝦以前根本沒有人吃，而且只有出海捕蟹和深海魚的漁夫在回收漁網蟹籠時，才偶爾發現。一吃之下，漁夫覺得它異常美味，這才樣漸漸被人認識。鬼蝦的樣子長得一點也不友善，不但滿頭是尖刺，就連腹部也長滿了像鋸齒般的棘刺。師父們處理鬼蝦時定必格外留神，否則很容易就會被刺到滿手鮮血。

我第一次吃這蝦已是十多年前的事，須知道鬼蝦的捕獲量少得可憐，今晚我能再次遇上，真的是高興萬分。

師父小心翼翼地拿起鬼蝦，還跟我們說，要一次過剝16只，

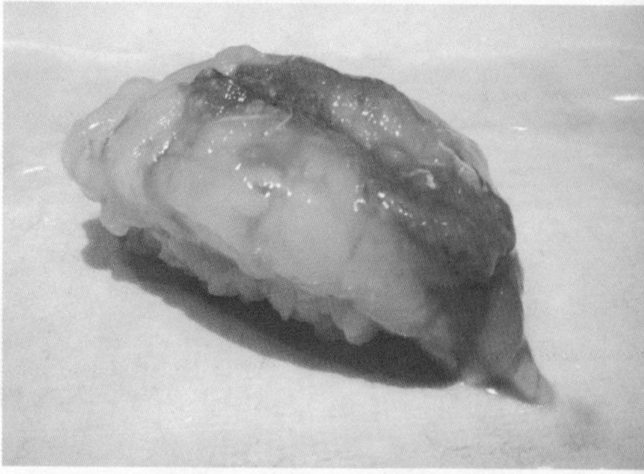

是不是要進廚房戴對手套比較安全？剝了殼的鬼海老無論顏色和大小都和甘海老差不多，師父同樣把兩蝦並排後握成壽司，再澆上鬼蝦味噌醬油，遞出給我。

鬼蝦既沒有甘海老和牡丹海老的甘甜、也沒有牡丹海老的彈性，卻偏偏有那些蝦所缺少的野性的蝦味。緩緩吞下後，餘韻居然有丁點兒芝士的氣息（蝦本身當然是沒有壞掉），再加上蝦膏醬油提鮮，大人の味也！

赤座海老（手長海老）

也是我四、五年前吃過的蝦種，當時我被它的蝦卵深深吸引。這種帶土耳其石藍（Turquise）的卵子雖然味道不怎麼樣，但回想第一次看到時，我竟然有種像小朋友第一次去迪士尼樂園的那種興奮和盼望。

在我印象中，赤座蝦的味道是清淡的，但師父卻不同意。因此，我們就為了這貫壽司今晚的出場先產生分歧。經過一場激辯後，

我也就半信半疑地接納師父的意見。

師父把4吋長的蝦肉一尾一尾從硬殼中抽之出來，然後把藏在蝦頭中的蝦膏仔細地掏出，朋友驚見掏出來的蝦膏為什麼全是像

水彩般的藍色時，師父解釋說，未成熟的蝦卵本身就藏在雌蝦的頭中，產卵季節來臨時，成功交配後，雌蝦就會從頭部把受精卵慢慢轉移到腹部待產，所以蝦膏的顏色和其卵子的顏色必定是一致的。

赤座蝦肉質沒什麼彈性，軟呼呼的，雖然有不錯的甜味，但像我所說的，味道偏淡。要不是有濃郁的蝦味噌醬油，它可能會是今日最淡味的蝦種。

瘤蟬海老

我和師父說過，有兩種蝦我是極想吃的，一是**團扇海老**，二是**葡萄蝦**。

師父勉強答應。直到海老宴會天，接到師父的電話，說今

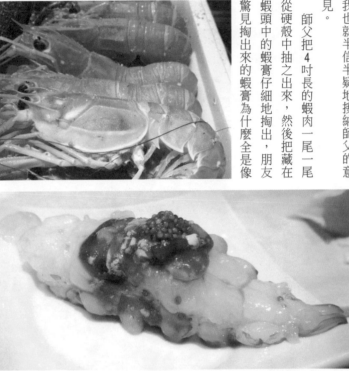

界都沒有葡萄蝦，連冷藏的都沒有，就連團扇海老也找不到，但他努力地幫我找來**瘤蟬海老**，一種和團扇海老同種的蝦。

瘤蟬海老其實是蟬海老的近親，唯一和團扇海老不同的，就是前者在深水的礁石上居住覓食，而後者則活躍於沙地上。還有，團扇海老的肉質比較柔軟（像蝦肉），而蟬海老則較結實（像龍蝦肉）。

今晚，師父為我們做了一個特別的塩焗菜式。先用兩張浸軟的巨大昆布團團把蟬海老包裹住，然後堆上海塩，放進烤箱。四十五分鐘後，把蝦取出並掃掉海塩，再從廚房拿出吧檯處理。

兩只烤得赤紅的蟬海老輕鬆地吸引了壽司每位客人的目光。

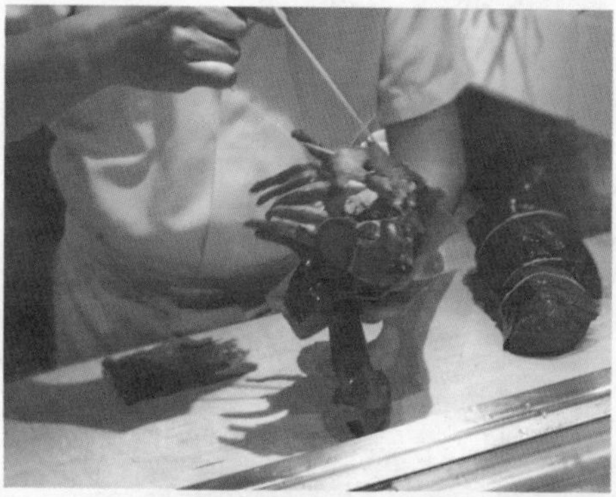

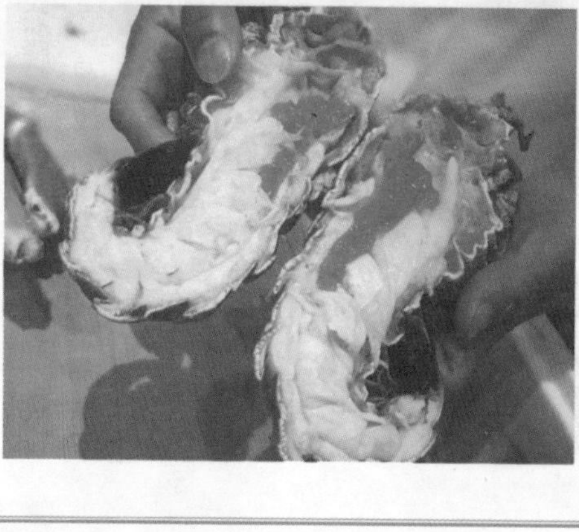

師父拿掉昆布，取出最大的出刃（鋼刀），左手壓著蝦身，右手把刀對準其中心線，用力一按……「格」的一聲，大蝦一分為二，當師父把它擘開時，立刻哇聲四起，那橙紅色的蝦膏焗得剛好，鮮紅欲滴，而且沒有

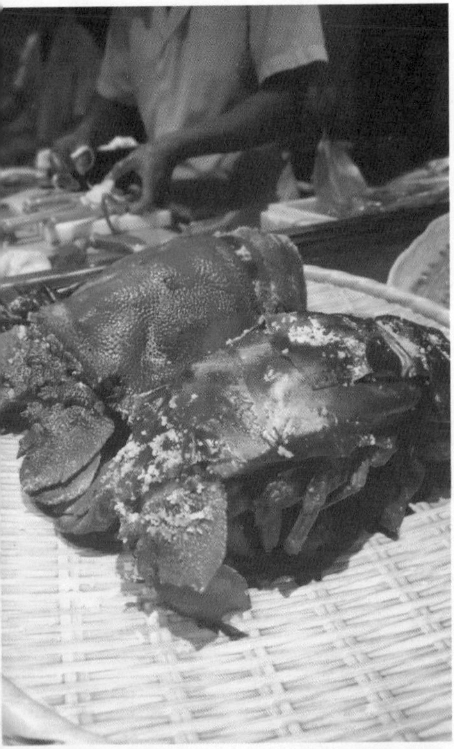

多餘的水份。

師父把蝦肉挖出，切開四等份，放回殼中，遞給我們，同時建議我們不要點任何醬油，頂多是放一些檸檬汁，或乾脆從蝦頭處沾一些橙紅色的蝦膏來吃。我覺得這個吃法很有創意，便照做不疑。

我夾出一大塊蝦肉，再把它塞進蝦頭中拚命旋轉，蝦膏的質感很特別，不硬，質地有點像醬油膏。在我拚命的旋轉下，一塊雪白的蝦肉給染成橙色。我把這「咕嚕蝦球」放之入口……嘩！熱騰騰的蝦肉既鮮而香，鹽焗之法把最多的水份保留在肉中，蝦肉爽滑彈牙，還帶點昆布香氣……真的好吃！

蝦膏的味道雖然沒想像中濃郁，但也鮮味十足，而且其濃稠度足以把舌頭黏在上顎。好吃！

海老あら汁

今晚這個蝦湯殊不簡單。早在蝦宴開始前，我已和師父說好，我們今晚剝下的全部蝦頭蝦尾、蝦肉蝦膏，統統請他留起，送入廚房煮湯，所以這碗湯可說是集十多種蝦的精華於一身。

湯放在面前，蝦的香氣已撲面湧來。淺呷一口，那濃濃的蝦鮮味，乘著熱湯的蒸氣從口腔直衝腦門，口中鮮味一過，甜味立即來襲，當中還夾雜著大蔥馥郁的香辛，和豆腐的嫩滑……感淚。

まだお腹すいた…

我餓

從朋友口中得知有間鮨店藏身於一大廈內，隱蔽得很，叫我有時間去試看看。我心想，鮨店開在「食廈」不足為奇，有很多甚至開在工廠大廈。香港寸金尺土，街鋪的話當然又好又方便，但昂貴的租金有時真的令鮨店難以維持，因此現在上樓的店越來越多。

朋友又告訴我，店內地方很小，沒有侍應，只有一對夫婦包辦所有工作。其實，日本也有很多小鮨店只靠夫婦兩人經營，大師父上班時不但要準備食材，製作壽司，下班還得幫忙洗碗，打掃地方。雖則如此，這些小店卻很得客人的歡心，因為小店由佈置、裝飾、用料，甚至是廁所，從進店到離開，每一個細節，都盡顯主人的品味和風格。他們有着大鮨店沒有的親切感和人情味，客戶往往不知不覺間就變成他們的朋友，有種像回家的感覺。不知道朋友口中所述的這間會不會是這樣。

既然只得兩夫婦，訂座時接電話的男聲，當然就是師父本尊了。師父的聲線很酷，我先告知他我想預約的時間，並查問有關開瓶費一事……

「我們這裏也有很多好酒，你不妨來這裏挑選。如果自來酒的話，我們是買一免一的。」

「明白，但如果我找人送上來的話，什麼時候比較方便？」我問道。

「四點後就有人了。」

之後，師父也問說我有什麼不吃，有沒有食物敏感等等。

自從上次有「Sushi Tokami」和「今鮨」事件後（想知道我當時發生過的狼狽事件，請參考我以前的食評），我已很少在陌生鮨店裏選酒，還是自己帶去比較恰當。

約定的時間雖然是七點，但我六點半已經在樓下徘徊。鮨店藏身於商業大廈的12樓，我緩緩的走到電梯大堂。

「這不像食廈，根本就是典型的商廈嘛!?」我心想。

電梯旁還有管理員叔叔坐在一張小小的木枱後面，眼鏡傾斜地掛在鼻樑上，雙眼上揚，悄悄地打量了我一下。老實說，如果沒有看到外牆掛着一個鮨店小燈箱的話，我真的不敢相信這裏居然會有餐廳。

電梯緩緩到達12樓，電梯門打開，抬頭只有看板一個，上面寫著的卻並不是鮨店的名稱。我踏出電梯，顧盼時發現右邊放有一棧日式地燈。往光處看，一個大盆景放在牆角，盆景旁還刻意佈滿撒落的枯葉，鑾有秋季的意境。目光再往牆上移，終於給我看見一個刻有鮨店名稱的小木牌……

今晚，我的選擇：**鮨正**。

推門進去，雖然暖簾遮蔽了一半的視線，但聽見裏面傳來哇啦哇啦的聲音，便知道裏面已有客人了。我翻開暖簾，女主人立刻來迎。問過姓名後，她把我帶到安排好的席上。第一次光顧的我，當然又被編到最邊緣的位置。也好，這個位置剛好讓我環顧整個餐房。

和朋友說的一樣，餐房不大，一個可容納十人的木製吧枱佔據了90%的空間。最吸引我的，是我正前方、師父身後面的一個小

木櫃。我一邊欣賞著店內的佈局和擺設，師父就獨個兒在料理場內和熟客寒暄，手中同時磨着山葵……

「你的酒已經幫你放進冰箱，隨時可以喝。」女主人探頭出來對我說道。

「麻煩你了！請問可以拿出來給我看一下嗎？」我問。

「當然可以。」她說完後立即鑽進廚房，出來時手中已拿着我預先送來的兩瓶酒。

今晚のお酒

早陣子從酒商朋友處進了兩瓶生酒，他叮囑我要盡快喝掉，否則不夠新鮮。所以今晚就一次過拿來和朋友品嚐。

師父和客人寒暄，一邊看着女主人準備前菜。見她先把切好的秋葵細心地放進一個純白色的小碟中，之後是去了皮的蕃茄和燙熟的車海老。擺好盤後，再澆上一匙檸檬黃色的啫喱，最後撒上紫蘇花穗。

本以為她會直接送去客人那裡，怎知她只是輕快地把東西收拾好，待師父出來過目後，再由師父親自遞給客人，態度有夠認

朋友終於到齊。師父見狀，向我點一點頭，像說晚宴是否可以開始，我也禮貌地點頭示意。女主人再一次製作剛才的前菜，今次就沒有再等師父，直接呈上給我們了。

「澆在上面的是熱情果做的果

凍。」女主人介紹道。

我把一小塊車海老吃下。蝦肉清爽，雖然沒什麼蝦味，但配着帶有淡淡果酸的熱情果凍，倒也非常醒胃。偶然咬到紫蘇花穗還會滲出紫蘇香，不錯吃。

色々なお刺身

師父見我們已吃畢前菜，就在我們面前的陶板裡放上刺身。

黒曹以

這是我第二次在香港碰到「**曹以**」，上一次吃到已是四年前的事了。會選擇進「曹以」的鮨店不多，是香港人不熟悉此魚的關係？還是香港師父們大都習慣進一些客人熟悉的白身魚？

「曹以」生活在海水較冷的北海道一帶，是當地高級的白身魚，也有人稱它做「**北方の鯛**」。曾有寿司師父告訴我，魚類生長於低水溫海域的話，魚的味道會偏淡。這句話我以前沒有多想，只是默默記住，現在回想，好像蠻對的。

今晚的黑曹以味道清淡，油脂也不多，應該是條小型的。但最令我印象深刻的是其肉質和彈性，配上即磨山葵的甜和醬油的鹹鮮，真不錯吃。

帆立貝

曹以還未吃完，師父為了追上較早開始吃的客人的步伐，急不及待地放上半只帆立貝。老實說，這裡用的帆立貝尺寸不大，切半再切半後，只有骰子般兩粒，光看也覺得有點「不夠喉」。

我吃了一粒，可能真的是太小的關係，無法讓帆立貝的甜味充斥口腔。我立刻把餘下的一粒也吃下，希望能延續那少許的甜。

就味道而言，算是中規中矩，但就是少了那份「一口一只」的甜美幸福感。

寒鰤

師父走過來放下一片魚肉後，說道：「這是**ふり，鰤魚**。」

我見魚肉外圍和中心的顏色不大同，知道今晚的鰤有經過熟成。我也刻意不使用山葵，一口把魚肉吃掉。魚肉非常柔軟，口感有點像吃表面剛開始溶化的軟牛油一樣，油脂極為豐富，魚味也濃厚得很。有人說過，完美熟成和開始腐敗其實只差一線，時間的拿捏正是關鍵。今晚這「熟成鰤」處理得很不錯。

「師父，這鰤很好吃！」

「是[illegible]，而且給你的還是腹肉。」

「怪不得！」我說。

鰆さわら

師父取出一條用燒霜法處理過的魚肉，小心翼翼地切出一片壽司料。我見他切的時候魚肉已開始分裂，證明這塊魚肉十分柔軟（或刀子不利）。待他把壽司握好放到我面前時，我對他說：「這是**鰆**嗎？」

「是的，香港人叫**鮫魚**。」

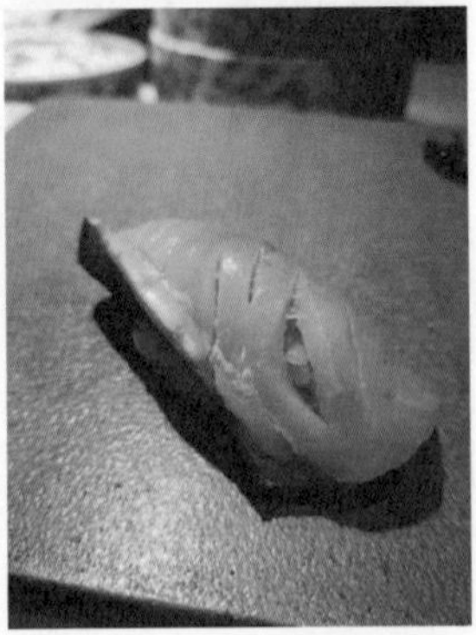

鰆，**sawara**，是日本一種極為常見的魚。和剛剛吃過的鰤一樣，隨著成長階段的轉變，會有不同的名字。從幼魚時叫「**サゴシ**」（青箭魚）至年青時叫「**ヤナギ**」，到成年時叫「**サワラ**」。伴隨著名字的轉變，體內的脂肪量越來越多，身價也越來越昂貴。

今晚的這貫鰆寿司，魚肉十分柔軟，吃在口中，感覺上有種淡淡煙燻芝士的餘韻，芝士味毫無疑問來自熟成的魚肉，從剛才魚肉被切出的破損程度來看，起碼已被熟成超過四天之久。味道濃郁，配上赤酢飯，不錯吃！

鮟肝

「這是鮟肝！」師父遞上小皿說道。

我接過並點了點頭。深綠色的圓形小皿中，放着兩小片胺肝，我夾起並吃下一片。鮟肝有點兒硬，鮮味也不太明顯，可能這片剛好處於魚肝邊緣位置，所以在蒸煮的時候，這些較薄的位置就容易過熟。我把另一塊也吃下，這片不屬邊緣位置，雖然鮮味還不能算突出，但質感柔軟很多，配合柚子茸的清香……唔……扳回一城。

蝦蛄

師父太太在廚房內端出一個長形錫盤，內裡整齊地排放了數十條蝦蛄肉，還稍稍冒出白煙。師父見狀，隨即取出胡瓜切絲，再取出碟子，放上剛切好、粗幼均稱的胡瓜絲後，鋪上蝦蛄，塗上鰻汁後，有條理地遞到每位客人面前來。

我接過蝦蛄一看，似曾相識，這不正是我年前在上環「鮨Onodera」吃過的一道菜嗎？記得當時的蝦蛄還是「**子持蝦蛄**」來着。我把蝦蛄放進口裡，微暖的溫度十分討好，濃郁鰻汁的鹹甜味道慢慢被口水稀釋化開，包裹着已被咬成細碎的蝦蛄肉，再緩緩地滑進喉嚨……不錯吃，唯一不足的，是缺了點鮮味。

ししゃも

今晚令我最喜出望外的，就是遇到它——新鮮的**柳葉魚**。

柳葉魚是什麼？就是大家熟識的「**多春魚**」也。

大家知否，柳葉魚名字的由來，其實背後有一個神話。

相傳古時雷神的妹妹下凡到一個人間村落，見到飢荒處處，立即告知天上，眾神中有一女神手持柳枝趕至，在一條清澈平靜的河流中擺動手上柳枝，柳葉化魚，最終紓解了人間飢荒之苦。

此魚泳姿像在水中飄浮的柳葉，故稱「**柳葉魚**」。而那條平靜的河流，就是盛產天然柳葉魚，位於北海道的「**鵡川**」了。

柳葉魚和鮭魚一樣，屬回游魚的一種。它們的父母在淡水河流裏交配生產，幼魚卵化後又慢慢游入大海，成長後又會回來出生地再交配[illegible]

在香港的爐端燒店，燒多春魚十分普遍，但很多人吃過乾巴巴的多春魚後都嗤之以鼻……

「不太好吃，又乾又苦，肚皮又破，魚子全都爆出來了。」

烤成那樣的，我也曾吃過。可能有人認為多春魚不是什麼貴價魚，所以處理它都是隨隨便便，反正怎樣燒，其味道也差不多，只要不要燒焦就好了。

我覺得，抱有這種料理態度是不對的。小魚為了延續人類的生命，犧牲了自己，我們應該對它有最基本的尊重，就算未能茹素，起碼在烹調時，也必須認真對待，不要白白浪費生命、浪費食材。

今晚的柳葉魚肉質結實，我不是說它硬，而是這種天然的魚全身沒多餘脂肪，肉質結實也富彈性。吃到魚卵時，口中還嗞啵嗞啵地響個不停。但奇怪在，雖然表面有烤過的痕跡，但魚皮卻沒有燒過的香氣和酥脆……（伏筆一）。

鱈白子

師父太太又端出小錫盤，今次盤中的是蒸過的鱈白子。

師父把白子盛碟，在上面澆了一圈橘子酢和放上辣蘿蔔茸後遞出。我看著那兩個像小球般的鱈白子，實在精緻。我立刻舉箸，先吃沒被太多橘子酢沾到的一顆；白子表皮有點硬，但勝在鮮味濃郁，像凝固鮮奶般，好吃！再來，我把餘下那個沾滿了酸酢和辣蘿蔔茸後也吃下。微微的酸辣，中和了白子零星的腥味。師父太太見我一個小球一口酒，三兩下便幹掉所有白子，不禁對着我笑了。我見師父拿出一節大根，瀟灑地在表面切出兩片薄蘿蔔片，把紫蘇葉放在其中一片上，塗上梅醬，灑上芝麻，像三明治般把另一片薄片疊上，再用刀一分為二後遞上給我。

「清一下口腔用的。」

我點頭示意。這個做法我在日本**銀座久兵衛**見過吃過，原來這裏也能嚐到。

大根薄片又冷又脆，梅醬的強酸令口水不斷湧出，一瞬間把口腔的味道消除，不錯吃！

いろいろなお寿司

酒肴之後，終於來到壽司環節。這裡用的是味道濃郁的赤酢飯，所以壽司料在配搭上也較濃味。今晚十貫（下圖）為：**秋刀、大トロ、鯖、金目鯛、大トロ炙り、筋子、海胆、小肌、穴子，最後是玉子**。

好吃嗎？唔……味道還可以。

壽司料沒太大驚喜，不過不失。壽司的尺寸對男生來說算是細少了一點，而且形狀上還得再留意改善。酢飯太軟了一些，口感上輕微帶點糊糊感，這沒太大關係，也不是人人可以吃得出來。

這裏有一個特別之處，它的酒肴和壽司是間著吃的，吃過數款酒肴後，突然放上一貫壽司，之後又變回酒肴。

這樣的起承轉合，的確能給客人一種「下一道會是什麼？」的期待感，但如果味道轉變過大，又沒有很好控制歇息時間的話，就會給人一種雜亂無章、像趕收工般的錯覺，可能適得其反。

「味道如何？」師父笑笑地問道。

「不錯吃，但我還沒有飽，請問你有什麼特別的？」

「還沒有飽？你們還有一碗湯和甜品。」

「區區這兩樣東西是沒法飽肚的，你還有什麼好料藏在你的冰箱內？」

師父蹲下身，在他的雪櫃內左

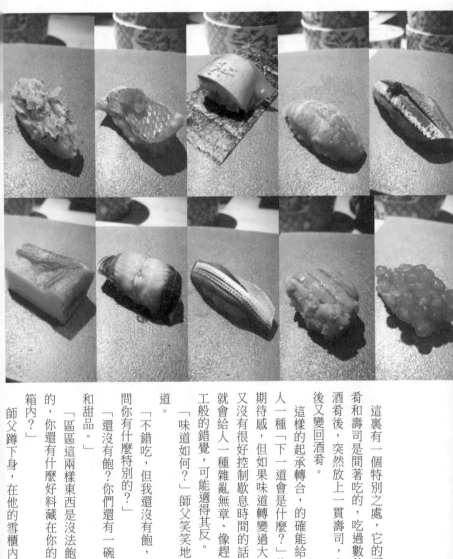

翻右翻，樣子顯得很無奈。

「卷物如何？」

「好的，請給我干瓢卷。」

「我們沒有干瓢。」

「什麼？連干瓢都沒有？」

「這裡沒什麼客人吃干瓢。」

我心裡一沉，這是最基本的材料，怎麼會沒有？

「梅子大葉卷有吧。」

「有。」

「加一些青瓜可以嗎？」

「我們也各要一條。」朋友異口同聲地說。

師父取出海苔，握在手中，我心想：「手卷嗎？我要的是海苔卷呀！」

梅しそ手巻き

就在皺眉間，師父已遞上手卷。我接過後往嘴裡一塞一咬，半條手卷隨即消滅，重複動作，不須三秒，整條手卷已吞進肚中。一點飽意沒有，只有空虛感。

最後連味噌湯和甜品都吃畢，再和師父夫婦寒暄一會後，看看手錶已過了十時，我們也不好意思再繼續打擾下去，他們也還有相熟客戶未走，我們只好識相地結帳離開……

走在大街上，我問兩位朋友如何，他們同聲說還沒有吃飽。

回到家中，我立即衝進廚房，幫自己準備了一大碗粟米片加鮮奶……

題外話：鮨正的環境不錯，地方淨潔，佈局簡單又帶點時尚，面前的空間充足，客人與客人間的距離也不算擁擠，坐久了也不會覺得不自在，但斗室的樓底不高，遇上高談闊論者，未免有點吵耳。

但我想說，一間鮨店只有夫婦二人打理不是不可，但食材和準備方面可能真的有一點難度，備得太多，萬一沒有客人，材料就浪費了；備得剛好，遇上像我這樣吃量大的客人，就顯得有點不足。還有，食物處於其美味的高峰只有一瞬，錯過了，美味就會直線下降，如久放潮掉的海苔和燒好卻喪失了酥脆焦香的柳葉魚。這繼而也產生了一個我看其他食評時學到的詞彙：「CP值」。在日本，兩夫婦經營的小

鮨店行得通，多數是因為熟客和忠誠度等種種原因。可惜香港是一個CP值掛帥的地方，兩夫婦經營的小店就得更加用心了。希望我下次光顧時，他們已有方案對付我這種大食量的客人。

新政特別頒布会 2017
NO.6 SS－TYPE

這晚我們喝的酒，是**秋田縣「新政酒造」**，2017年6月頒佈會中出現的兩瓶實驗酒。新政近年致力於技術的研發和酒款的創新，他們每年的頒佈會，都會推出一些數量限定的試驗釀造酒。

在2017的頒佈會，新政就有的六款新酒，分三個月陸續推出。繼4月的「水墨（アッシュ）生酛純米木桶仕込」和「山吹（タンジェリン）生酛純米」、五月的「亜麻猫改OAK」和「陽乃鳥SPARK」外，來到6月份，就輪到這兩瓶以她們自家酵母釀做的NO.6「SS-TYPE」和「G-TYPE」了。

SS是SUPERIOR SPARK的縮寫，不難想像它是発泡酒。近年日本清酒界越來越多発泡酒誕生，除了新政外，其他很多銘柄，例如「獺祭」，都有発泡酒，可能因為要吸引年青一代，所以連歷史悠久的清酒也要作出改變。究竟如可令清酒做到有香檳一樣的發泡效果？這就要從酒精發酵開始說起了。

簡單來說，「酒精」和「二氧化碳」是酵母菌吃掉「糖」後轉化出來的兩樣主物質。要令入瓶後的清酒能發泡，酒內必須要有酵母繼續工作。這個不難，只要過濾時不要濾得太透澈，讓酒內還殘留酵母繼續工作，又或者在過濾後適量地回加還含有酵母的醪就可以了。

用以上做法得出來的發泡酒，由於裏邊還含有酵母或酒渣，因此它們都會是渾濁的乳白色。如果大家看到發泡清酒像香檳般清澈的話，這樣的發泡酒有可能是直接加入了壓縮二氧化碳，和汽水的原理一樣。

今晚的SS-TYPE，以秋田產酒造好適米為原料，精米度50%，酒精度 14%。如我上面所說，此酒內還有一定數量的酵母，是一瓶活的「生酒」。

酒色呈乳白，倒進高身杯還有微量的碳酸泡泡。上立香除了熟香蕉、桃和白花的香味外，乳酪的酸香氣息也非常突出。輕呷一口，碳酸刺激著舌頭，令人為之一振。之後，花果和乳酸的味道此起彼落，甘口，酒感中等，餘韻不長，作為今天晚宴的開場，可能強了一點，但如果前菜是配芝士和風腿的話，則一絕也！

G-TYPE

今晚的壽司部份，我們都是喝這瓶酒的。到底這瓶名為 G-TYPE 的實驗清酒，又有什麼特別呢？

G 是 **GENROKU** 的縮寫。GENROKU「元禄」是日本的一個年號，大概是在 1688-1703 年間。

新政酒造近年致力於研究古法釀酒，這款 G-TYPE，正是仿效元禄時代的釀做法，以減少釀造用水從而達到安全發酵（處於發酵期的酒醪，水的多寡會直接影響酒醪內乳酸的濃度，乳酸就是用來保護酵母能達至成功發酵的主要物質）。不難想像這瓶酒的味道會偏濃偏甜，也是正正是元禄時代的酒客在日本還沒有進口砂糖前所追求的甘甜味。

另外，新政酒造還指出，G-TYPE 是古代釀造法和現代吟釀製法的合成體，酒藏本身也是經過很多次失敗才有今天的成果，是一瓶不可多得的「生酒」。一樣以秋田產酒造好適米為原料，精米度 50%，酒精度只 13%，G-TYPE 的色澤潔白如水，放近鼻子，一陣強烈的香蕉、蜜瓜般熟果的吟釀香氣飄進鼻子，輕呷一口，感覺最明顯是它的酒體很厚，酒精感卻很低，甘口，有非常強烈的香蕉和蜜瓜等熟果味道，餘韻短。非常好喝！

栄光冨士・純米大吟釀・無濾過生詰原酒

由於 G-TYPE 太好喝，晚宴還沒結束就已經喝個清光了。師父太太叫我去酒櫃看看有沒有合適

去酒櫃看看有沒有合適的，我最後選了這瓶「**栄光冨士**」的「**冷卸し**」。

「冨士酒造」這個名字，在香港可能沒有太多人認識，但其實，她在山形縣已有超過200年歷史，還是以前戰國武將，「**加藤清正**」指定的酒蔵。

現在，酒蔵除了「栄光冨士」這個銘柄外，還有十多個銘柄，如**純月**、**虎穴**、**万流**等等。

今晚的酒，是數量限定的秋季冷卸酒，在香港未見進貨，想必是師父從日本買回來的珍品。

釀造米為新潟產的「五百万石」，精米步合50%，因為是原酒，所以酒精度有17.5%。

酒的色澤如水般透明，上立香盡是米飯氣息，香氣强烈。味道方面，因為是原酒的關係，所以酒精感強烈，有著濃濃白飯和稻米的味道，清爽，酒體厚，辛口，餘韻中等，配上晚宴最後的幾道濃味壽司。非常不錯！

蟹尽·二度目

蟹宴2.0

自從在食評中分享了和家人品蟹的點滴後，身邊朋友紛紛向我抱怨，說為什麼不叫他們一起吃，又叮囑如果再舉辦，一定要參加。

這次，儘管蟹季尚未來臨，朋友已先行報名。選地方、寫菜單、定日期、聯絡、通知等等……雖然後續工作煩瑣，但我卻非常樂在其中。每次看到朋友們對我推介的刁鑽吃法流露出的驚訝，和宴後各人撐着肚皮吃不下那種滿足的眼神，都彷彿變成了我的原動力。對我來說，最可貴的，還是從中我所能學習到的食材和料理知識。

這次的蟹宴，我不太想重複去年的菜式，所以，與其去鮨店，我選擇在磯燒店舉行。看師父即席準備活造刺身的同時，就連燒烤技巧也可一併偷師，繼而再品嚐各式蟹類菜餚……讚！

蟹宴從上次的四人增加至今年的九人，款式當然也要隨之增加。除了大家熟悉的**松葉**、**香箱**、**鱈場**和毛蟹外，我們還特別訂來了**花咲蟹**，一種只有北海道才能捕獲的蟹類。

為了蟹宴順利舉行，我比各人更早到達餐廳，除了查看一下蟹的大小和新鮮狀態外，還得跟師父討論不同的烹調法。我知道，蟹的大小、肉的多寡，對菜式都會造成影響。我希望因材施用，盡量請師父做多幾款菜式。

師父見我到了，二話不說，往廚房一指，我往他指的方向看去，有四個疊起的巨大寶麗龍箱……

「廚房裡還有呀！不如我們先拆箱查看，順便把所有的蟹都放到冰槽上，好嗎？」師父問道。

我即點頭表示同意。

師父負責開箱，我就負責在旁嘩嘩大叫，因每只蟹都比我預期中的巨大許多（尤其是毛蟹）。儘管去年已見過吃過，但我還是無法掩飾看到這等新鮮材料的喜悅。

當我們把眾蟹逐一放到冰槽上時，友人亦陸續抵達，見到一字排開的蟹陣，無不驚訝……

「嘩！那麼多！怎吃得下？」

「怎麼會多？吃蟹肉而已，蟹

「這是什麼?會動的?」另一朋友指着一只松葉蟹叫道。

「這?寄生蟲。」我不慌不忙，淡定地說道。

蟹蛭

蟹蛭，故名思義，是一種寄居在蟹殼上的蟲。

蟹蛭大都生活在海底泥濘中，恰巧，松葉蟹也活躍於此，蟹蛭誤以為蟹殼是穩固的礁石，所以

紛紛在上面產卵，有人說，蟹殼上的蟹蛭卵越多，等於蟹越健康。

其正解應該是，蟹殼上的蛭卵越多，表明此蟹在海裡生活和成長已有好一段時間。

越大的蟹，當然越強壯，肉質也越結實好吃。

朋友到齊，師父讓我們拍過照後，立即把蟹移交廚房，自己也開始製作第一道蟹的料理。

香箱蟹

香箱蟹，雌性松葉蟹是也。雖然都是松葉蟹，但體積卻只有雄性的三分之一左右。香箱蟹的肉質有點像大閘蟹，但味道卻與之相差甚遠。品嚐香箱蟹，就是為了它那脆卜卜的蟹子（蟹卵）。師父小心翼翼地把整隻香箱蟹拆肉，然後把全部的蟹肉、蟹膏、蟹子，有層次地放回蟹殼中，功夫之多，可想而知。蟹肉在蟹殼中的排列也有講

究，較長較粗的蟹腳排在中間，位置較短較幼的就分排在兩側。排好後，師父隨即遞給我們。

我吃了一大口，新鮮剛蒸好的香箱蟹，水份一點沒有流失，遠比事先拆好備用的柔軟得多。蟹肉溫暖，味道濃郁，加上質地和顏色都像鹹蛋黃般的蟹黃和鮮爽香脆的蟹子，好吃極了！

花咲蟹若布胡瓜酢物

較早前，師父把三只花咲蟹送進廚房，蒸熟後立即把六隻蟹鉗剝下，準備用在今晚的酢物上。其實這道菜用蟹肉已很美味，但用像雞鎚般大的蟹鉗來做的話，吃起來就更見豪邁了。

花咲蟹鉗又厚又大，一口咬下，肉質彈牙可口，鮮味無窮。再來一口吸飽了甘酢、酸中帶甜的若

布和數片清新爽脆的胡瓜，這個開胃菜，怎不教人胃口大開？

毛蟹刺身

在香港，毛蟹通常是蒸熟吃的，今晚師父建議我們用毛蟹腳做刺身。剩下的毛蟹，簡單蒸熟後和蟹黃混合吃即可。

師父切下像大姆指般長的蟹腳，小心地剪開蟹殼，把水嫩雪

白的蟹肉泡進冰水裏。蟹肉遇冷收縮，形態變得像菊花瓣般，非常漂亮。

師父把準備好的蟹腳刺身放上來並對我們說：「每人兩只，直接吃或沾一點醬油吃均可。」我點了點頭，立即把其中一隻腳吃下，那些收縮了、像海葡萄般，帶凹凸感的蟹肉十分爽脆，質感有點像沙田柚那些一粒粒的果肉。

本以為口感除了冰爽外，應該沒有什麼了吧，但隨著蟹肉在口裏回溫，一鼓甜味瞬間散發，嘩！好吃極了！

毛蟹茹で蟹味噌和え

「其餘的毛蟹肉我幫你和蟹膏拌在一起，你們就這樣吃好了。」

「好，」我說：「不過，夠蟹肉做釜飯嗎？」

「綽綽有餘！我幫你每款都留一些起來，讓你的蟹飯裏有各樣蟹的美味。」

「太好了！」我喜上眉梢地答道。

不一會，師父遞出一個覆轉的蟹甲羅，裡面滿滿地盛着混合了蟹膏的毛蟹肉，各人見狀，都睜大眼睛……

「你的蟹很大只呢！」

蟹膏為清甜的蟹肉增添了微微的甘苦，咀嚼間，那鼓甘苦之味慢慢與口水和合，令整個口腔佈滿甘苦的鮮味，就算我把蟹肉吞下，餘韻還是久久不散。我欲罷不能，一口接一口的吃着，一下子就把整只毛蟹肉吃清光，真滿足！

松葉蟹刺身

繼毛蟹後，再來是松葉蟹。

師父把松葉蟹全部的蟹腳切下，挑出最長最壯的蟹腳來做刺身，再用剪刀把蟹殼剪開。原來新鮮松葉蟹腳肉是半透明淺橙肉色的。

像毛蟹一樣，師父把處理好的松葉蟹的腳全部浸在冰水中，遇冷收縮後的松葉蟹腳肉又出現那

一粒粒的狀態。這時候，師父把蟹腳拿起，用紙把多餘的水印乾，隨即遞給我們。

我把蟹肉高高舉起，由下而上慢慢放進口中，合上嘴巴，用力一拉，拔出一條幼幼的薄骨，口腔就被整條蟹肉填滿。蟹肉雖然冰冷，但鮮甜無比，好吃極了！

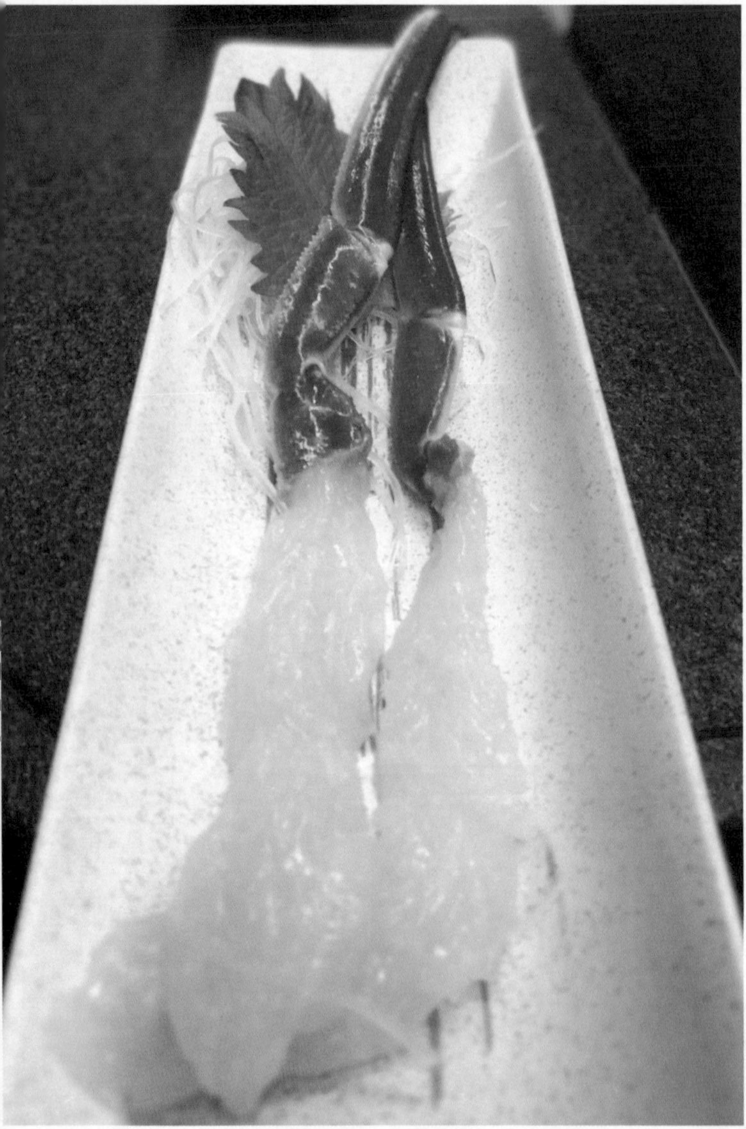

松葉蟹天麩羅

侍應一邊從各人後面遞上一隻長長的黑色方碟，一邊說道：「這是松葉蟹天婦羅，請大家吃吃看。」我往碟上一看，薄薄的麵衣包裹著兩條蟹腳肉，酷似一對長筷子。我拿起一根放進嘴裏，麵衣又薄又脆，而且煮熟後蟹肉明顯更甜，師父沒有給我們天汁，只是簡單地放了一撮海塩在大家面前。海塩的鹹味突出了蟹肉的甜，好吃極了！

松葉蟹甲羅味噌焼き

「其他的肉呢？」朋友問。

「其他的肉會和蟹膏一起在其甲羅內浜燒，我們還會加一些秘製味噌提鮮，說著我也想吃呢！」

「一起吃吧！」我插嘴道。

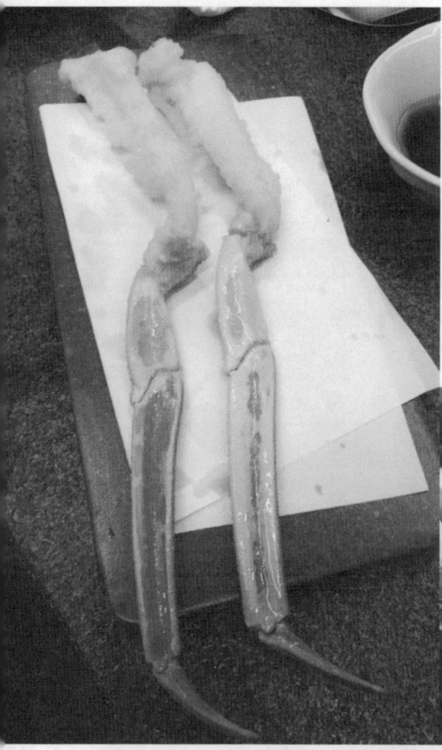

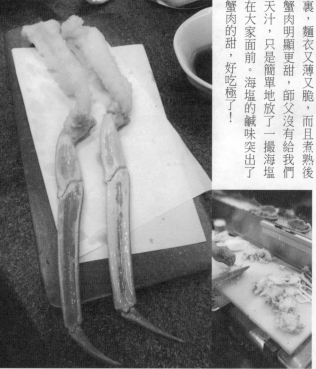

二師父把五只盛有灰色蟹膏的甲羅放上燒爐，甲羅底部隨即出現一大片橙紅色，心想這燒爐的熱力可真強烈。不一會，甲羅裡開始冒煙，本來有點水汪汪的蟹膏也開始滾燙起來。師父隨即加入少量料酒和剛才他提到的秘製味噌，用湯匙用心地攪拌均勻，隨即大把大把地放進蟹肉。這時，空氣間瀰漫着濃濃蟹膏的那股甘苦氣息。

二師父把煮好的蟹甲羅呈上，我一看……

「為什麼水汪汪的？味噌燒應該是鑾濃稠的吧！」我問道。

「你先吃吃看！」

我拿起湯匙，吃了小口。

嘩！蟹膏的味道濃郁至極，而且那剛剛加入的味噌增添了鹹味和鮮味，比用塩或是用醬油更具風味。

焼き鱈場かに

「鱈場蟹腳，我建議浜燒。」師父道。

「是在中間那個大火爐燒嗎？」

「對，你們可以看到整個過程。」

「太好了。」我說。

成適當長度後轉放到一個又大又圓的竹籬裡，見他一個接一個的放着，我心裡默默地點着數，居然能切出二十來件之多。之後，師父又逐一把蟹腳放上火爐。

突然間，火爐處傳來「啪、啪」像開槍般的一聲，還看見蟹腳在火爐上跳了一下。這時，滿室彌漫著燒蟹的氣味。過了半響，師父逐一把蟹腳夾起，然後放上一隻白色的長方形碟上呈上。

我用筷子把蟹殼中的蟹肉挖出，一陣輕煙徐徐升起，蟹香撲鼻。蟹肉表面雖有點乾，但吃在嘴中的蟹肉卻是濕潤的。蟹肉吸收了燒蟹殼的奇異香氣，顯得非常特別。再佐以帶微酸的蟹醋或少許海塩，好吃極了！

花咲蟹茹で

「飽了嗎？拜託你們千萬不要

餉，因為還有很多東西要吃，接下來的就是花咲蟹了。」

「還沒有半飽呢！」朋友死撐地說。

師父別了他一眼後說道：「花咲蟹的蟹鉗已做了酢物給你們吃，現在就要吃它身上的肉和蟹膏了。手手腳腳我會用來煮湯，這個湯有個特別的名堂，叫做『**鉄砲湯**』，等一會大家就可以喝到了。」

師父一邊說，一邊飛快地把蟹肉和蟹膏拆好、分開，再轉放一個大盤中混合，混好後又重放到蟹甲羅中呈上。

「我可以也試一些嗎？」師父問道。

「當然可以。」朋友看着師父辛苦了一整晚，無不同意。

師父用筷子夾了一塊，放到左手手背上，遞進口中……

「唔……這花咲蟹很甜，蟹肉也很結實。但蟹膏好像不夠濃，是嗎？」

大家聽他這樣說，紛紛舉箸試吃。師父的評論不錯，花咲蟹的肉質沒毛蟹纖細、沒有松葉蟹鮮甜、也沒有鱈場蟹濃味，唯一的好處，就是蟹肉結實，充滿彈性。蟹膏是不夠香，也沒有黏嘴般的濃郁。

蟹釜飯

「小心後面！你們的蟹飯來了。」師父叫道。

侍應把四個釜飯放下，我們打開木蓋一看，上面鋪著滿滿的蟹肉，香氣撲鼻。

「今日所有的蟹都可以在這個釜飯內找到，你們把蟹和飯混合後就可以吃了。」師父道。

今晚的蟹飯很好吃，蟹肉比去年還要多，當我們差不多把蟹和飯混合好之際，師父再在各個釜飯上多加一勺蟹味噌……

「蟹味噌（蟹黃）不太能受熱，一煮就沒有味道了，現在放剛剛好，混合後就能吃了。」

今晚的蟹釜飯，蟹鮮、飯軟、蟹黃甘香，吃到最後還有一層飯焦，好吃到不行，就在這時……

「大家小心後邊。」

「還有?」剛剛說只半飽的朋友驚叫道。

大家往後一看，侍應捧著數碗蟹湯，準備分發各人。蟹湯的賣相很好，一只深橙紅色粗粗的帶刺蟹腳，橫臥在碗邊……

「這碗叫做『**鉄砲湯**』，請大家品嚐看看。」

鉄砲汁（てっぽうじる），是穿了就是蟹味噌湯。用什麼蟹來做都行，但為什麼有個這樣特別的名稱？

除了毛蟹，其他蟹的腳都有很長，像槍管一樣。喝湯時，為吃到蟹腳內的肉，大家用筷子插進蟹腳，務求把裏面的肉推出來，動作就像士兵在通槍管一般，所以這個湯就叫「鉄砲湯」。

今晚的鉄砲湯充滿蟹味，白味上辛辣的青蔥和嫩滑的豆腐，配剛才的蟹釜飯……絕！

蟹酒

席上的朋友吃過湯和飯，心想宴會已來到尾聲，怎知師父又將四大只蟹甲羅放上燒爐，大家都露出緊張的表情。

「我已經飽了，還有?我真的吃不下了。」

「這是今晚的最後一道，『**蟹酒**』」我說道，「喝後身體暖哄哄的，回家睡一覺好的。」

我把預先準備好的清酒拿出來給師父，師父就把清酒分別倒進每個蟹甲羅中。甲羅不厚，只需數十秒，清酒已燗至適合溫度。師父逐一把蟹甲羅拿起，放上碟子後遞給我們。

我舉起甲羅，喝下一口，酒中充滿甲殼的味道，鮮味中帶點焦香，這種特別的香氣，隨著揮發的酒精，進入我的鼻腔，其感覺就像喝「**鰭酒**」一般。

朋友見我喝得如此豪邁，就跟著我一起喝，不需一會，全部的酒統統給我們喝光。

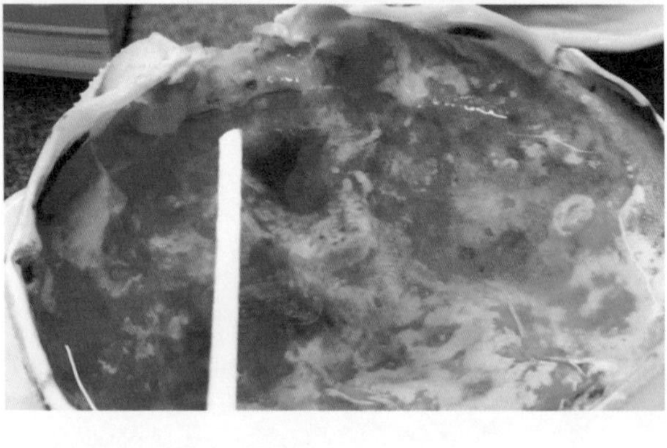

道。

一聽見甜品，本來說吃不下的朋友們，突然又活躍起來……

うにが食べ比べる

海栗大比拼

早在四月份，我已安排今晚的海栗宴。

六至八月是海胆最時令的季節，可惜近年日本天災多，海胆價格也因此變動很大，幸好，在得到日本供應商和鮨店的合力幫忙下，海栗宴終於能順利舉行。

馬糞海胆、**蝦夷馬糞海胆**、**紫海胆**、**北紫海胆**、**赤海胆**、**白海胆**……對許多喜愛吃海胆的人來說，這些名字都耳熟能詳，但到底這些名字代表了什麼？它們是同款的海胆嗎？大家又知不知道自己在吃什麼海胆呢？

差之毫釐，謬之千里。「**馬糞海胆**」和「**蝦夷馬糞海胆**」，雖然名字相似，但它們是不一樣的生物。「馬糞海胆」在海水溫度較暖的地方生長，遍佈極廣，由九州沿海至東北地區都可發現它的蹤影。而「**蝦夷馬糞海胆**」只集中在水域較冷的北海道一帶。順帶一提，以前的北海道，就叫做「**蝦夷**」。

除了產地外，兩者在體型甚至生殖腺的顏色也不太一樣（大家應該知道，我們吃那黃黃的海胆肉，其實是生殖腺吧），馬糞海胆體型小，生殖腺呈橙黃色；而蝦夷馬糞就較大，生殖腺呈橙紅色。

再來說說「**紫海胆**」和「北紫海胆」。跟馬糞海胆的情況相似，「紫海胆」多生活在九州和日本中部的溫暖海域，是日本產量最多的品種。除了日本之外，它們也廣泛散佈在中國大連沿海和韓國的海域間。

至於「北紫海胆」，大部份產於北海道北部的寒冷海域，而且它應該是日本食用海胆中，體型最大的了。兩者的生殖腺都呈黃色，所以也引來一些商人把平價的紫海胆冒充**北紫海胆**出售。

還有一種叫「**赤海胆**」，據說是海胆中最好吃的。這種海胆以前曾在東京灣一帶出現過，但現在已經極難找到了。

海胆的主要食物是昆布和海藻，北海道盛產高質昆布，在這種得天獨厚的環境下，海胆的品質怎能不好？

所以，現時世界上最好的海胆，大都是產自北海道。

上面提過，在日本不同地方，不管是日本東邊的太平洋，或是西邊的日本海，都有海胆，如宮城、淡路島、兵庫等，不同地域的海胆所吃的東西各異，所以在味道和顏色上也有所分別。

今晚我們搜羅了十多種不同的海胆。我促請師父把它們一字排開，好讓大家能拍一張——

海胆大合照。

「嘩，這個海胆宴可是史無前例，你拍片後也傳個COPY給我，將來如有客人問起有關海胆的事，我也可看圖解說一下。」師父說道。

「好的。」我回應道。

「嘩！有什麼好東西吃？」一把不熟悉的聲音突然在身邊響起。

回頭一看，卻是張熟悉的臉孔出現在我面前。

「許先生，你好，是否我們太嘈，騷擾到你？」我喜出望外地說道。

「沒有，沒有。聽到你們這邊很熱鬧，過來看看有什麼發生。」

「哦，我今晚舉辦了一個海胆宴。」

「是嗎？怪不得這麼多海胆，

我有沒有份？」

「當然有！當然有！你的東西很快送到給你。」師父說道。

「許先生，如果你不介意，可否和我合照一張？」我厚著面皮問道。

「好的，在這裏嗎？」

就這樣，我們一眾就和「**冷面笑匠**」一一合照了。

「如何開始吃？」師父問道。

「我認為由淡味吃至濃味比較好，萬一味道太單調的話，就吃一些其他壽司緩和緩和，你覺得怎樣？」我說。

「好，那我們由新鮮的帶殼海胆開始吃吧。」

殼付き紫海胆（青森産）

師父先把一只巨形牡丹蝦切開一半，放進海胆內，掃上醬油，再遞給各人。接過海胆後，我把五片「肉」逐一挖出，逐放進口中先嚐一嚐原味。我認為，這種殼付的紫海胆雖然新鮮（剝殼前刺都還在動），但味道只屬一般，肉薄且餘韻短。還好師父配以牡丹蝦，蝦肉的甜味和軟黏的口感把本來單薄的海胆味道變得有層次多了。

以前吃殼付海胆時，有師父放鮪魚腹肉，也有放鮭魚子，甚至兩種都放。但在味道上，我認為要突出主角的味道才是重點，如果放進的食材令整體美味下降，又或是和主角的味道相抵消，那就本末倒置了。

「現在，我們就由南往北吃吧！」師父說道。

佐賀唐津產赤海胆

「先來一款產自日本南部佐賀的海胆。」

可能北海道的海胆太出名，所以甚少人會注意南方的海胆。佐賀的「**呼子港**」是個很重要的漁港，很多日本的天然鮪魚都在那裡捕獲、處理、拍賣，當然也不乏當地海胆。唐津海胆看起來雖是薄薄的、像營養不良的一小片，卻蘊含著北方海胆所不足的豐富的海的味道。

師父把五、六片海胆重疊並握成一貫，我迫不及待，立刻吃下。口中頓時傳來一陣濃烈的金屬味；吃生蠔時，偶然也會有這種味道。

南方海胆沒有北方海胆般軟

甜，也沒有像會融化般的水份。有的，是那種結實的質感和帶衝擊性的重口味。我可以接受，但席間卻有人問師父海胆是否有問題，為什麼有銹味。這次連師父也考起了。

兵庫淡路島由良の赤海胆

師父見第一款不討好，立即握出第二貫來緩和氣氛。

「這款海胆來自淡路島，又請大家試看看。」

「這款的樣子和剛剛那個差不多，小板木盒裝之餘，海胆還反過來放，會不會不好吃？」友人問道。

雖然心存懷疑，但大家還是吃下了。

「嘩，這個味道不錯呀！好柔軟，好甜！」

「當然好吃，大家知道淡路島出產什麼？」師父問道。

見大家沉默不答，我立即充補：「很多呀！**洋蔥**、**鯛魚**、**海苔**……」

「還有**藻塩**。」師父說道。

「是哦！」我恍然大悟。

「不錯，淡路島附近有豐富的藻類生長，所以這裏也出產很多高質海胆。據說這些海胆在高塩的環境下生長，味道特別清甜。」師父說。

淡路的和唐津的相比，確實是柔軟清甜得多，而且還有一種磯香和鹹味，就是這種鹹，使海胆有了甘甜的餘韻……不錯吃。

「接下來的三款，都是日本名牌海胆供應商的出品，它們全都位於北海道。」師父說。

「你們要用軍艦海苔還是要直接握？」師父問道。

「直接握好了，可試一下它們的真味道。」朋友說。

其實我知道直接握製是困難的，北紫海胆不但厚重、含水量多，而且柔軟非常，用豆腐來比喻絕對不為過。握製時萬一用力過度，海胆隨之被壓爛。握一、兩件還勉強可以，但一口氣握十六件，真的有點難度。

師父經驗豐富，想出了一個兩全其美的方法。他先握好醋飯，在上面放一片海苔，再把厚重的海胆放上。海苔能吸收水份、也有固定海胆的作用，還可為整件

北海道北紫海胆（東沢水產）

「這是『**東沢**』的北紫海胆。」

我向師父點了點頭，然後把壽司一口吃下，剛開始咀嚼，胆海已溶解，口感creamy，濃郁的海胆味充斥著整個口腔，隨著口腔回溫，海胆的味道進一步提

升……

「哇！真好吃，勁有海胆味。」一眾友人驚訝地叫道。

這時師父終於露出一絲滿足的

北海道北紫海胆（羽立水產）

「再來是『**羽立**』的海胆。」

用同樣的方法，師父又放上一件海胆比酢飯還要多的壽司在我們面前。

「嘩！這件比『東沢』的更好吃。」我說。

「你真會吃，在今晚這三板名牌海胆中，最貴是它。」

「大家應該有同感吧，『羽立』和剛剛的『東沢』相比，味道更加好吃。

我想這是因為『羽立』的含水量較少，所以味道更凝聚，更濃郁……

「真的好吃極了！」我說。

北海道北紫海胆（橘水產）

「試完這件才作結論吧。」師父說完又遞上一貫。

其實，三間公司的海胆，外型都差不多，顏色也大同小異，光看外表真的難分高低。但一吃之下發現，「橘」的質量雖高，但相比其餘兩間，今晚只能屈居第三。硬要挑骨頭的話，只能說它的味道是三間中最淡，但質感卻同樣是如忌廉般軟滑。

「我覺得三件都很好吃呢！」朋友說道。

我笑了笑，點了點頭。

北方四島（塩水）蝦夷馬糞海胆（鷗洋水產）

「接下來的是『**北方四島**』的蝦夷馬糞。今次我用了軍艦海苔，大家快吃！」

北方四島是指北海道以北的幾個島嶼，這裏的人口非常少，而且也沒什麼經濟活動，島上的居民靠捕魚等活動來維持生計，正因為沒有大污染，所以這裏的海胆質量非常高，而且他們慣用塩水或海水來加工海胆，不用明礬，能品嚐到最接近當地海胆的真正味道。

師父從膠盒中倒出海胆，濾走塩水後，直接做出軍艦壽司。以我個人的認知，蝦夷馬糞的味道瞬間爆發，味道一下子綻放，又一下子消失。

這款塩水蝦夷馬糞的餘韻沒有北紫海胆來得明顯，可能是浸泡在水中的關係，多多少少把味道沖淡了一些吧。

北方四島蝦夷馬糞海胆（海水）

「**塩水海胆**」和「**海水海胆**」都是用膠盒承載的，分別在後者注入了當地海水，保留了海胆最原始的風味，是真正的「**無添加**」。

雖然味道比任何一款海胆都來得淡，卻有其他海胆所欠缺的海潮味，仔細品嚐的話，餘韻部份還帶一絲清甜……不錯吃。

岩手縣馬糞海胆

岩手縣是全日本海胆出產量的第二名（第一是**北海度**，第三是**宮城**），那裡海胆之多，當地人乾脆把洗淨處理好的海胆貫進牛奶瓶中，注入海水，封印後直接售賣，豪邁非常。

大家知道為什麼有時在同一船（我們叫一板板，日本稱一船船）海胆內有著深淺兩種顏色呢？其實海胆也有雌雄之分，顏色較深的是雄性精巢，較淡的就是雌性卵巢。

大部份海胆加工廠不會細分非高級品，所以混色的情況十分常見，慢慢變成岩手海胆的特色，他們有時還會別出心裁地把深淺兩種顏色拼合出不同的圖案，十分有心思。

今晚的岩手海胆，味道濃郁甘甜，配上醬油的鹹鮮和香脆的海苔，好吃！

ロシア產蝦夷馬糞海產（丸恭水產）

如果大家查一下地圖，不難發現北海道北面其實和俄羅斯非常接近，中間只隔著一個「**鄂霍次克海**」，所以俄羅斯產的海胆質量也非常高。今晚師父特別為我們準備了從俄羅斯捕獲的海胆。

論品質，俄羅斯和北海道的沒大分別，顏色橘紅，味道凝聚，雖然餘韻有點短，但味道帶衝擊性，絕對會吃上癮！

利尻產蝦夷馬糞海胆（小川海產）

利尻、羅臼、日高，是日本三大高質昆布，利尻昆布生長於北海道最北的沿岸一帶，水清且

冷，海胆以這等昆布為食，品質可想而知。今晚的利尻馬糞，師父特別選來「小川海產」的出品。

席間有人問到同樣是產自北海道，不同的加工廠有什麼不同？其實，主要是看加工廠的歷史、規模，以及和與漁民的關係。

出名的海胆廠像「羽立」、「東沢」等，他們的挑選都很嚴格，質素不好的、重量不夠的，他們都不要。這些大廠願意花較高的錢購買漁民辛苦捕獲的優質海胆，慢慢地，一級的海胆都集中在他們手上。

也有一些小型海胆工場，集結了當地漁民，為他們處理捉回來的海胆。這些小型的加工廠，不像大工廠般擁有超高級的海胆，卻為大眾消費者提供了質優價廉的選擇。

今晚這貫利尻產蝦夷馬糞的味道非常好，味道濃厚，就算與海苔同吃，但風味和香氣一點不減，美味非常！

浜中產蝦夷馬糞海胆（平川水產）

位於「**釧路**」和「**根室**」之間的「**浜中町**」，有一片名為「**霧多布濕原**」的著名濕地。山上帶礦物質的水，透過地底、山澗和河川，流經這片濕地後再入海，

鹹淡水滙合之處，水中的生命體特別豐富，自古就是個著名的天然漁場。

此外，這裏素有「**昆布森**」之稱，昆布品種比其他地方多，出產的海胆，味道自然不遜於人。

師父在我面前放下一貫滿戴海胆的軍艦壽司，我一口吃之，味道有點淡，不像預期般濃郁。可能吃到這個階段，濃郁的海胆已經吃了不少，所以對味道的追求越來越苛刻。

キンキ塩焼き

「看來淡味的海胆暫時已不能滿足大家了，讓我們來轉個口味吧！」師父笑說道。

「各位師父休息一下吧！要喝清酒嗎？還是來杯啤酒？隨便叫，我請！」

「好呀！好呀！」料場內的師父齊聲道謝，臉上終於流露放鬆的笑容了。

不一會，廚房送來一份「塩燒喜之次」，魚皮燒得又香又脆，魚肉部份既柔軟又充滿油脂。雖然只有小小兩口，但那份鹹香足以喚醒我們那些被海胆味寵壞的味蕾。

根室產蝦夷馬糞（高橋商店）

「這是哪裏產的？」我問。

「等一等，讓我看看。」師父

一邊查看木盒，一邊回答。

「是北海道『**根室**』。」

「那和『**浜中**』的有什麼不一樣？」

「分別不大，因為兩處非常鄰近，只是，剛剛的是特級品，現在這個是普通級。」

「噢！這也不錯，有不同級別才能比較，下次到別的店就知道其他人用什麼了。」我說。

師父笑而不答。

「還是軍艦壽司？」師父問。

「你有什麼好提議？」

「卷物如何？」

「海胆卷？蠻難捲的。」

「是嗎？」師父冷笑一聲。

師父拿出竹簾，放上海苔，按上酢飯，在上面豪邁地放上一層又一層的海胆，再小心翼翼地捲起海苔。生怕海苔受潮，師父迅速把海苔卷作六段切，掃上醬油後立即遞出。

我看海胆卷的中心呈半流質狀態，心中想起很久以前在「鮨魯山」吃過的海胆卷。但今晚這個明顯比當時的更大一點，中間的海胆也多很多。

雖然師父說它是普通品。但吃過鹹香的喜之次後，海胆的味道又重新變得可口，醬油的鮮味襯托出海胆的甜……好吃極了。

蝦夷馬糞×北紫海胆

「剛剛那三板最貴的海胆還剩餘一些，而且這裡還有一盒沒開的蝦夷馬糞，你們認為要如何處置？」師父把所有剩餘的海胆通通放上來說道。

「我記得上次在上環的『**志魂**』吃過他們的混合海胆，味道著實不錯，既有馬糞海胆的衝擊力，又有北紫海胆的悠長餘韻，不如我們也來一個混合的海胆壽司吧！」我說。

「好呀，試看看！」

朋友一致同意，師父也點頭稱好。

不如我用『**赤海胆**』做出卷物，像剛剛一樣，然後再放『**白海胆**』上去，好嗎？」師父問。

「好的。」我答道。

[illegible]法，但見師父整晚忙過不停，也就由他去。

「嘩！剛才那震撼的海胆味道又回來了！好好吃呀！」朋友叫道。

這點也不難明白，把兩種海胆的長處合二為一，這無疑是今晚最好吃的一貫。

今夜のお酒

今晚喝了不少美酒，數目之多，恐怕很難在今次的食評中一一品評，如大家有興趣看酒評，可留意一下小弟的網誌。

題外話

對於海胆，不同人，甚至不同師父均有一套自己的說法，究竟「**赤海胆**」、「**白海胆**」，到底是什麼東西？明明是「**紫海胆**」，師父又說是白海胆，到底是什麼回事？

九月下旬，小弟有幸去參觀最後的築地市場，對於這許許多多的迷思和謬論，有什麼比直接詢問海胆職人便加可信？

2018年9月26，清晨四時五十五分，我於築地市場，伴隨有一名業內人士和一名翻譯……

「小朋友，為什麼對海胆有興趣？」

「對於海胆，我很多疑問，在尋找答案時，遇到不同的說法，也不知誰對誰錯。所以今次冒昧拜候，希望得到達人您的正確答案。」

「有什麼問題？」

「在香港，我常聽到人說『**赤海胆**』、『**紫海胆**』、『**白海胆**』甚至有『**黃海胆**』和『**綠海胆**』。

這麼多的『**顏色**』，究竟是以海胆的外殼顏色來分？還是以它生殖腺顏色來分？」

「在日本，常見的食用海胆只有四種：『**馬糞**』、『**蝦夷馬糞**』、『**紫**』，和『**北紫**』。『**蝦夷馬糞**』和『**北紫**』多數是北海道產，也有來自同國外，像加拿大，和俄羅斯等。『**赤海胆**』以前的東京灣有過，但現在已經沒有了。『**綠海胆**』？你是指『**山椒海胆**』嗎？」

「我沒有吃過『綠海胆』。」

「當然，這種『山椒海胆』不好吃，沒人吃的。」

「那是用外殼顏色來分嗎？」

「以前真的是這樣，像赤海胆的刺是暗紅色的，紫海胆是深紫藍色的，而你說的白海胆、應該是『**爪白海胆**』，刺也是灰白色的，綠海胆是山椒綠色的。」

「你說是以前，那現在呢？」我又問。

「現在很多海胆都是來自北海道，那邊的人懶惰得很。他們加工時，看到蝦夷馬糞海胆生的殖腺顏色偏赤，就叫『**赤海胆**』。北紫海胆的偏白，就叫『**白海胆**』。」

「原來如此，難怪我在香港吃到的明明是『北紫』，他們又叫『白海胆』，連師父也跟著叫它白海胆，搞到好像稀有品種似的……」

「哈哈，不止這樣，北方的『馬鹿們』把馬糞海胆也分赤和白呢！」

「什麼？！」

「你知道馬糞海胆的生殖腺也有兩種顏色嗎？」

「知道，是雌和雄嘛。」我戰戰兢兢地回答。

「對對對！雌白，雄赤！那邊的『馬鹿』！」

「終於明白了，還有一個問題。」

「說！」

我從背囊裏拿出紙和筆……

「海胆有很多個不同的名稱，如『**海栗**』、『**雲丹**』，我聽人家說，海胆在不同的情況下，會有不同的名字，是這樣嗎？」

「這個我就不清楚了。『海栗』不就是海中的栗子嗎，形狀很像吧！『雲丹』，聽別人說，是描述它的生殖腺。海胆的生殖腺像一朵『雲』，『丹』是紅色的意思……」

「哦，我完全明白了，謝謝你。」

丁寧な作りのお寿司

精巧壽司技

自上環的「**鮨おのでら**」閉店後，我一直感到惋惜，有好食材、好師父，卻敵不過昂貴的租金，無奈！

記得「鮨おのでら」內有三位日籍師父，一位去了紐約開店，一位返回日本，還有一位叫 Adachi 的，首次光顧時，就是他關照我的。在我印象中，**Adachi** 師父做事細心謹慎，他檢查蟹肉那認真的表情，我至今還歷歷在目。想知道詳情，可參考我以前的食評：**銀座から世界へ**。但在鮨店關門後，他就不知所終了。

有天，朋友突然傳來一張正在吃壽司的圖片。還告訴我 Adachi 師父正為她握壽司。我興奮地問她鮨店名稱，好讓我下次也能光顧。大家要知道，鮨店雖多，但好師父難求。

今天太座外遊，留我獨自一人，何不去看一下這位久違的朋友？我隨即拿起電話訂座，並懇請鮨店安排我坐在 Adachi 師父的前面。

今晚七時，我準時來到這裡：**鮨慎**。

鮨店位於12樓。我翻開暖簾，一個又大又長的壽司吧出現在面前。

經理來迎，問過姓名後，他便領我到我的席位上，並禮貌地幫我拉開椅子。我甫坐下，另一位女侍應隨即遞上一條摺得很整齊的白毛巾。

「先要喝些什麼嗎？」經理問道。

「請給我一杯熱茶。」

「好的，馬上來。」

我環顧四周，發現整個餐房除了壽司吧以外，還有三間個室。而在料場內，就有四塊砧板，師父能同時服務十二位客人。

「要喝酒嗎？」經理問到。

「你們有什麼好酒？可以拿酒牌給我看看嗎？」我問。

「好的。我們這裏有啤酒、清酒、紅酒、白酒，種類繁多，我拿酒牌給你看。」

就在這個時候，師父出來了。

他禮貌地對我微微點了點頭，說道：「你是以前光顧過『鮨おのでら』的那位！許久不見了。」

「呀！你居然還記得我？」

「記得！」

「自從『おのでら』不在之後，我只知你們有一位師父去了紐約開『鮨おのでら』紐約店，你和另外一位就不知去處了。」

「那你又怎知我在這裡？」

「朋友告訴我的。所以我就來了！還指定你呢！」

「謝謝！」足達師父一邊鞠躬，一邊說道，我還記得你能吃很多貫壽司，是嗎？」

「哈哈！我找對師父了！」

「沒問題，今晚看我的！」

蛸柔らか煮・ずいき

侍應從後遞上一個土鉢，中間放有兩塊真蛸和一片「ずいき」。

「ずいき」，芋莖也，芋頭葉的菜莖也。有點像西芹，在香港比較少見，就算遇到，大多也只是薄薄地切出一片作裝飾。老實說，芋莖沒什麼特別味道，但裏面卻長滿像海綿般的小孔，能夠吸收並鎖住水份。芋莖煮好後，如把它浸泡在湯汁裏，它就會發揮海綿作用，把湯汁吸收。

我把芋莖放入口中，只輕輕用上下顎一抿，裏面的鰹魚出汁立即溢出，鮮味籠罩整個口腔，像喝了一口湯似的，十分有趣。

至於章魚，我卻覺得味道淡了少許，海潮味比芋莖還來得隱約，但齒感不錯，彈牙之餘又不失柔軟，作為前菜，不過不失吧。

羽太と縞鯵

師父在「ネタ箱」（放滿魚肉的小木箱）中取出兩條魚肉，各切出一片後，把一片的馬糞海胆放在魚肉中捲上，用竹筷子小心翼翼地放上我的盤子上。

「請吃吃看，左邊的是『羽太』，右邊的是『**縞鯵**』。」

「謝謝你。」我嘴巴雖這樣說，

能乾脆地切兩片魚肉供吃，硬要捲一些其他的味道進去？而且還要配白身魚，是魚肉不夠新鮮？還是潮流之所趨？我不懂。

佐吃的還有三種不同的醬油：**溜醬油**、**白醬油**、和**煎り酒**。

我在 OPENRICE 的專欄『**役割の物語**』裡，已簡單介紹過不同醬油的差別，有興趣的朋友敬請

紹。

溜醬油（たまり醤油）：百分百由黃豆釀造，味道最鮮，適合壽司刺身之用。

白醬油（しろ醤油）：用小麥釀製的醬油，顏色金黃，最適合用在椀物中。

煎り酒（いりざけ）：很多人不知道是什麼，甚至連名字都沒

比醬油更香，古時醬油未常昂貴，不是平民百姓能經常接觸得到的調味料。人們就用鰹魚、昆布、梅乾、料酒等容易取得的材料，混合出這種叫「煎り酒」的佐料。

煎り酒擁有出汁的鮮，梅乾的酸，也酒的微澀，能去除魚腥之餘，又有提鮮作用，在當時非常受人歡迎。今晚有煎り酒佐白身魚，可真喜出望外。

「你不喝酒嗎？」足達師父問。

「不是不喝，這裡的好酒不少，但酒價實在有點……所以……」

「那我請你喝，是我自己的……來自我的家鄉。那當然沒有公司的出名。」

「你家鄉的酒？我更有興趣！」

（註：欲看酒評，請往文末。）

貝刺し

足達師父遞出一只圓碟，上面有三款貝類……

「這是**螺貝**、**赤貝**和**海松貝**，請試試看！」

其實經過去年的貝宴後，印象中也沒有遇過能比當時更新鮮的了（想知道去年貝宴的情況和一些貝類的特質，請參考我的食評：**初冬の贅沢（第一弾）貝の宴**）。今晚的三款貝，質量上也是相當不錯的。

螺貝齒感爽脆，嚼嚼時「嗦嗦」作響。日本產赤貝體形雖小，但味道凝聚，師父在貝肉上切上整齊的刀痕，好讓佐料能留在貝肉上。海松貝潮味突出，餘韻悠長……都不錯吃！

鮪

「今晚我們剛進了些鮪魚，我就做兩款給你吃。」師父一邊捧著裝有鮪魚的木盒，一邊對我說。

見他低下頭、彎著腰，小心翼翼地從長長的鮪魚肉中切出兩大片，把不齊整的棱角切去，隨即拿一片進廚房。當再送回師父手上時，魚肉以被炭火烤過。師父拿起筷子，輕輕的把一生一熟兩片鮪魚肉，分放在我面前的碟上。

我把生鮪魚輕輕沾上鹹味偏淡的白醬油後放之入口。處於室溫的魚肉，散發著鮪魚的芳香，而且非常彈牙。生鮪魚的鮮，配上山葵的清甜，不錯吃。烤過的鮪魚油脂被熱力融化，佈滿魚肉表面，配以鮮味溜醬油，又是另一種不同的滋味。

白身魚の蒸し

侍應突然從身後出現，放下一個瓷器小皿說道：「請試試我們的蒸白身魚。」

「是什麼魚來的？」我問。

「羽太。」

「哦……知道了，謝謝你。」

羽太，石斑也。種類繁多，我也不好意思問侍應小姐是哪種羽太了。

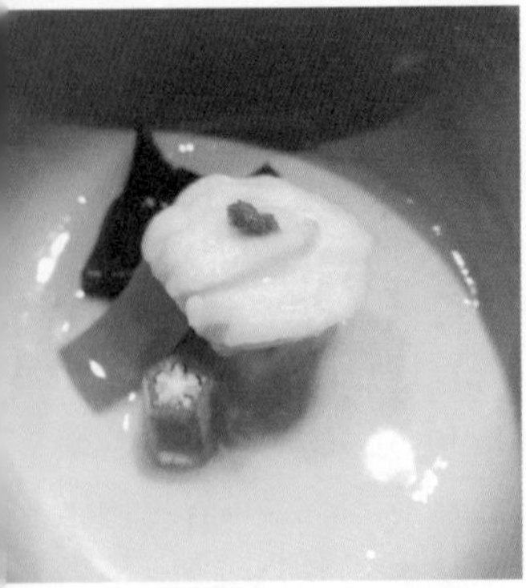

小皿中的魚肉看似雪白幼嫩，我趕緊一口吃下。魚肉的確很柔軟，澆在上邊的「獻汁」也令魚肉的口感變得滑上加滑，但整體味道有點太過清淡，也缺乏鮮味。最可惡的，是那一小撮柚子胡椒，它不僅令整個清淡的菜式變得鹹辣，還一下子把魚的味道全部覆蓋，敗筆！

イクラ・毛蟹・時不知鮭

足達師父雙手捧上一個漂亮又精緻的碟子，上面放有毛蟹、鮭魚和一匙鮭魚子……

「這是『**時鮭**』，是種特別的鮭魚，油脂比普通鮭魚更豐富。」師父說。

「呀！以前在「おのでら」也

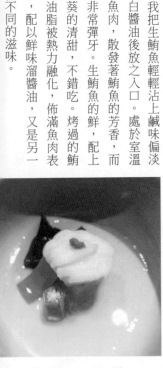

不吃好，當時你送給我看『時鮭』的證書呢。」

「是嗎？我都忘記了。」

「比起那個，我更在意鮭魚上面那一小撮白色的是什麼，是山……葵……嗎？」我猶豫地說。

「是山葵。」

「是……北……海……道……產的？」

「嘩！！你真的很內行！很內行！了不起！」

一次吧，只是我在北海道旅行時遇過吃過而已。」被讚的我有點飄飄然。

所謂的「白山葵」，也稱作「山山葵」，其實是辣根（Horseradish）。眾所周知，我們經常見到的綠色的山葵，是水生的。這種白山葵是土生的，雖然在很多歐美地方也有種植，但因為水土的關係，日本的辣根味道較溫和。雖然如此，但它比起水生的山葵也是辣上一倍有多，放在油脂豐富的時鮭之上，除了抑壓魚腥外，還有去除油膩感的作用。

「味道如何？」師父睜大眼睛，等待著我的答案。

「時鮭嫩滑、油脂豐富，白山葵的辣味很足，你放的量剛剛好，非常美味！」

「多謝。」師父一邊說，一邊鞠了個躬。

我微微笑了笑，把其餘兩款也逐一吃下。

蟹肉溫暖鮮甜，而且還微微混合了蟹味噌，不錯吃。

鮭魚子充盈飽滿，在口中一邊咬，一邊「啪啪」地爆，口中傳來一陣鮮甜……好吃極了。

赤鯥醬油焼き

侍應放下一個小藍碟子，說道：「這是燒赤鯥，請慢用。」

碟中最吸引我的，不是赤鯥，而是放在「最中」裡的一堆白泡沫。我夾一點點放入口中，本以為泡沫會有什麼特別味道能和赤鯥配著吃，但原來什麼味道也沒有。

「是蛋白嗎？要怎樣吃？」我問師父。

「應該是放一些在魚肉上一起吃吧！」師父一面茫然地答道。

我照師父的意思，把泡沫塗在魚肉上吃下，魚肉烤得不錯，皮香魚軟，溶解的泡沫微微降低了醬油的鹹鮮和油脂，但這是泡沫的真正作用嗎？我不得解。

炙り鰯

「今晚有新鮮的鰯，要吃嗎？」

「當然要。」我點頭道。

師父笑了笑，從木盒中取出一條完整的鰯，只三兩下，就把魚肉削骨去皮，再在魚肉上切出刻紋，用火槍近距離地把表面一下子燒熟，捲入蘿蔔苗，灑上七色胡麻、細蔥和蘿蔔蓉後遞上。

我一口吃下。魚肉柔軟、油脂豐富，室溫的魚肉配上涼冷的蘿蔔蓉，冷熱在口中交集，有趣！

鮑

足達師父從廚房接過一只碟子，我一看，碟的中央有兩塊鮑魚，下面還有一小堆綠色的烏

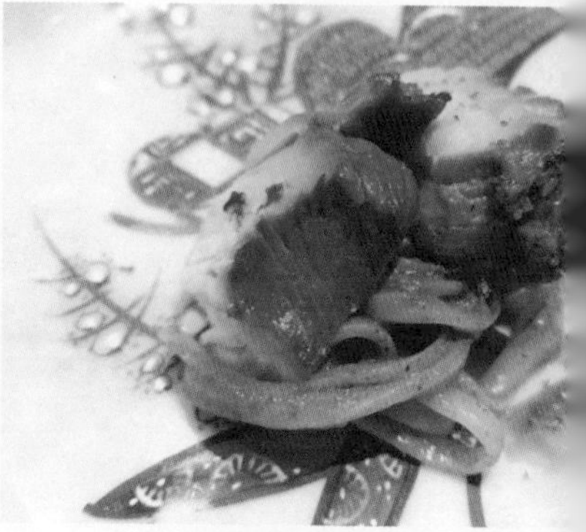

冬。師父拿起柚子，往磨蓉器上輕輕磨了兩下，柚子蓉隨即散落在鮑魚表面。

「這是煮鮑魚，下邊是用鮑魚肝醬混合過的稻亭烏冬。」師父說。

我看到鮑魚表面有許多切痕，心裡一沉，但還是一口吃下。

我輕輕的只咀嚼了數下，鮑魚已變成碎片，其應有的Q彈口感完全喪失，而且味道一閃即逝，沒有了越嚼越有味的感覺。

我明白廚房師父的用意，想藉著刀功把堅硬的鮑魚組織切斷，好讓客人更容易進食。但他卻遺忘了鮑魚應有的口感，也證明了刀功的好壞，絕對會改變食物的味道。

「我知你很喜歡吃壽司，所以我打算每樣都握一貫給你吃，希望你能吃飽。」

「真的太好了。」我說。

今晚合共吃了十九貫寿司和一本手卷（下圖），雖然食材上沒有多大驚喜，但勝在用料新鮮，配合足達師父精細的手藝，不錯吃。當中，有些絕對難忘。

色々なお寿司

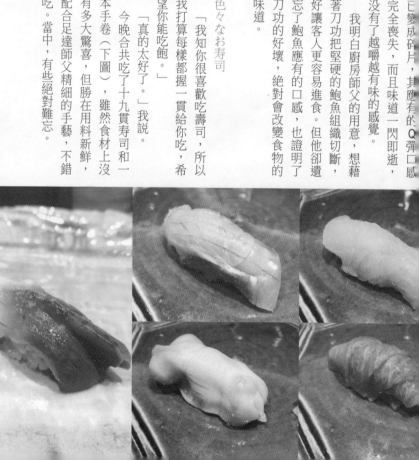

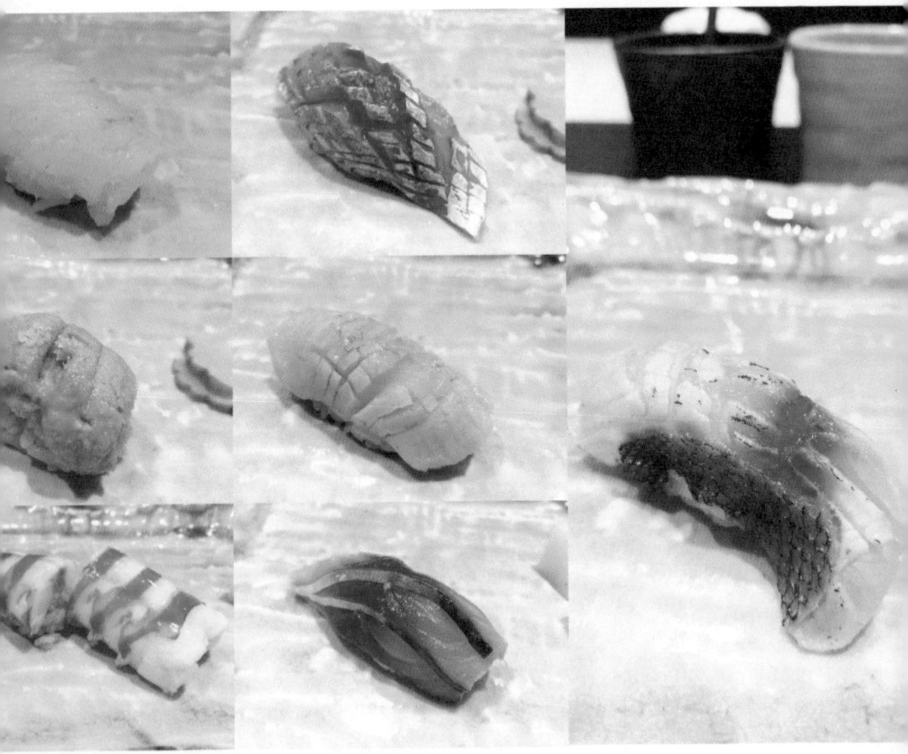

鰈縁側

自吃完第一貫的星鰈壽司後，我就一直嚷著要吃緣側。足達師父打開他的ネタ箱，發現他盒中的鰈緣側不太新鮮，更隨即跑到其他師父處「借貨」。借來的緣側雖然較為短小窄長，但顏色透明有光澤。師父把它作蝴蝶開，握好壽司後再在上面沫上細塩和柚子汁。

「嗦嗦」作响，像吃海蜇頭一樣，齒感十足，好吃！

墨いか

足達師父取出一捲墨魚肉，切走第一片棄掉，把第二片厚厚地切之下來。本以為他要在魚肉上劃刀紋，怎知他把整片墨魚切成粒狀，然後把全部的墨魚粒放在

拿起放入口中，只輕輕一咬，魚肉立即四散，因為切口極多，用不着太過咀嚼，以順暢地滑入喉嚨。墨魚柔軟鮮甜，襯托著酸味咪的赤酢飯，不錯吃。

赤身漬け

今晚的赤身，色澤好極。足達師父淺漬了一會後，本來已呈

次取出白山葵，放了一點在魚肉上。之後，小心翼翼地放在我面前的碟子上。

赤身漬的味道濃郁，醬油的香味，和山葵的辛辣在鼻腔內互相纏綿，口中的赤身散發著運動型帶血肌肉的酸味，好吃極了！

海胆おぼろ昆布締め

師父取出一塊木板，上面放有一大片被昆布夾著的馬糞海胆。師父從中切出適合的尺寸後，隨即握出壽司送上。

這種昆布夾海胆，形態有趣，其實這是對海胆的一種調味方法。把海胆夾在像薄紙一般的「**おぼろ昆布**」間，利用滲透作用，把昆布的谷氨酸溶解，借此

提高海胆的鮮味。遇到一些味道較淡或不是時令的海胆時，這個做法很不錯，如果海胆品質和味道好的話，這就等同暴斂天物了。更重要的，是這做法也有壞處。

今晚的海胆昆布漬，昆布的鹹鮮味反客為主，奪去了海胆應有的柔軟，海胆的味道也因其水份被吸走而銳減，口感上像一塊濃郁的鹹芝士，不是不好吃，只是吃不到海胆的原味而已。

コハダ

這是今晚另一貫最好吃的壽司。魚身的處理非常優秀，魚皮一點没有損傷。此外，浸漬部份也恰當好處，酢酸令堅硬的魚皮變得柔軟，閃閃發亮，魚肉沒因浸漬過度而發白變硬。配合微微帶酒味的赤醋飯，好吃極了！

とろたく手巻

師父切下數片新鮮的鮪魚腹肉，用湯匙把魚肉刮下，再用出刃庖丁把它細剁成蓉。又在身後的鐵盒子裏拿出海苔，放於一個小型的電爐上反復烘烤，好讓海苔變得更香更脆。之後，他拿出卷簾，放上海苔，舖上赤醋飯，把魚蓉和切得細碎的沢庵漬放上，捲成手巻後遞出。

為免海苔受潮，我接過後立即咬了一口，「沙」的一聲，海苔應聲斷裂。最先感覺到的，是那芳香的魚油在口中不斷擴散，魚蓉黏糯，偶爾咬到細碎的沢庵漬，又是「喀」的一聲，爽脆又帶點鹹香，好吃！

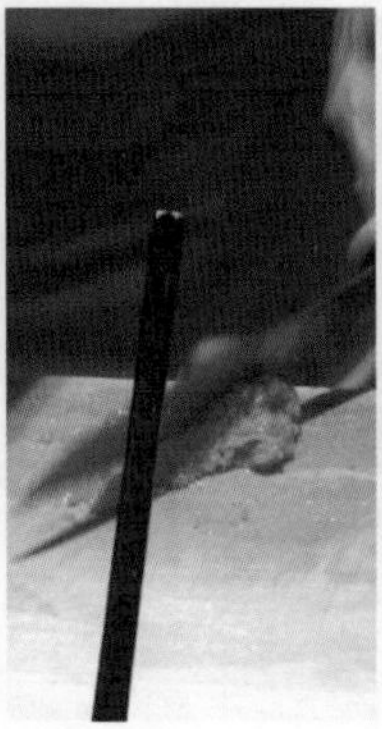

玉子

「吃飽了嗎？」足達師父問道。

「還有好東西嗎？」

「除了『玉子』，就沒有了。你真的很厲害，把我這裏全部的東西都吃了一遍。」

「你是取笑，還是稱讚？」

師父笑笑的放上兩塊玉子，我一看，發現雖然這兩塊都是玉子，但做法各異。一塊是用傳統方法慢火烘焙；另一塊，表面又光又滑，應該是用蒸的。

烘的那塊，口感像戚風蛋糕一般鬆軟，而蒸的那塊，就像布了一般軟綿密。各有特色，都非常好吃！宴會的尾聲，我把自己的拙作送給足達師父，還告訴他，他在「鮨おのでら」的英姿也給記錄在書裡面，希望他留作紀念。

他嚇了一跳，邊翻看，邊道謝。

結賬時，他遞上新的名片，並非常客氣的送我往電梯處……

「有空再來哦！」他叮囑我道。

「一定一定！」我說……

「千代の園」EXCEL 大吟釀

今晚，足達師父請我喝的，是來自他家鄉「**熊本縣**」，名為「**千代の園**」的大吟釀。

「千代の園酒造」建於明治29年（1896），是當地頗有名的一間地酒藏。除了釀酒、釀醋和味醂外，他們還釀製一種可能只有熊本縣才有的獨特的酒：「**赤酒**」。

熊本縣位於日本南部，天氣較熱，在炎熱的地方釀酒，在漫長的影響而被酸化。古代的人想到在酒醪中加入木炭灰，利用強鹼性來「**防腐**」和「**中和**」酸性。長期浸泡木炭灰，慢慢令酒液變成赤紅色。後來人們就稱這樣的酒為「**灰持酒**」。因為顏色呈赤紅，所以也稱「**赤酒**」。

因加入木炭灰的關係，赤酒的酒體很厚，還帶有一種奇怪的味道。來後又因清酒的出現，使赤酒越來越少人喝，也越來越少酒藏生產。

現在，赤酒可能只會在元旦喝「**屠蘇**」（日本元旦喝的祝願酒）時喝到，由或者直接用在料理上。

選用了熊本酵母來釀的「千代の園 EXCEL」，酒色清澈如水，把酒杯放近鼻子，一股稻米和白

單純實。

喝上一口，雖明知添加了釀造酒精，卻完全沒有厚重的酒精感，每口都是稻米和熟飯的味道。酒體偏薄，卻難得清爽。餘韻短，但喝到最後，口腔居然會出現像口香糖味道的一絲甜，這應該是來自殘餘的熊本酵母。我覺得，熏香的酒喝多了，喝這種清爽的酒，也是非常不錯的！

獺祭の夜

獺祭之夜

數年前，小弟有幸參加一個由**《嚐日》**雜誌舉辦的「**獺祭**」清酒晚宴，除了能近距離一睹「**旭酒造**」社長「**桜井博志**」先生的風采，又能嚐到不同等級和酒款的「獺祭」清酒，實屬難得。

雖然很多人聽過「獺祭」的故事，但還請容許我在這裏贅言一下，如提到一些以前未聽過的新資料時，大家就可知道更多了。

位於山口縣的「旭酒造」創立於**1770**年，屈指一算，到現今已有**250**年歷史了。「桜井博志」先生是酒造的三代目，從**1984**年開始接手酒藏，經過**30**多年的經營後，於**2016**年正式由兒子「**桜井一宏**」繼任，自己就去不同地方為品牌作推廣。

「**獺**」，讀「**擦**」，不是「**賴**」，偶然也會聽見有人讀「賴祭」。可能「水獺」的「獺」和「瀨尿蝦」的「瀨」筆劃近似之故。很多人問，這個名字有什麼意思？據櫻井先生說，這個名字是他「絞盡腦汁思考時老天爺突然給他的啟發，是突然出現在他腦中的。名字沒有特別意思，但字面意思是形容水獺抓到魚兒後會慣性把它們鋪排擺放，像在做祭祀似的，故名「獺祭」。後來發現「獺祭」剛好是日本古代詩人「**正岡子規**」的稱號。2013年，「**旭酒造**」在銀座開設了一間名為「**獺祭 Bar23**」的酒吧（可惜在2019

年4月1號結業）。2018年6月，再與法國米其蓮三星主廚 **Joël Robuchon** 合作，在巴黎開設「**DASSAI par JOËL ROBUCHON**」，為日本酒業進軍國際市場奠定重要基礎。

這晚的清酒宴假座 CORDIS 酒店內的「明閣」舉行。

明閣是吃中菜的，個人認為，以「純米大吟釀」（「獺祭」的清酒大都是這個級別）來配有汁有醬、味道濃郁的中菜，味道上可能有點難以駕馭。

所以這篇文章我不會着重於評論各款菜式和配酒的整合味道（這可留給大家將來自己體會），我只着眼於各款「獺祭」清酒的味道。

獺祭純米大吟釀・SPARKLING 50

SPARKLING 50是利用「**瓶內二次發酵**」方法造成的氣泡酒，開栓時極可能有氣泡湧出／噴出，用來「祝酒」，感覺尤似香檳。

酒色乳白，還不斷有小氣泡冒出。放近鼻子，除了米飯香外，還有强烈的、來自酵母的「益力多」般的香氣。把酒倒進香檳杯中時，真有點像韓國牛奶汽水「Milkis」的感覺。

SPARKLING 50的味道酸爽甘甜，酒體厚，但酒感不强，餘韻短。酒吞下後，殘留的氣泡還繼續在舌頭上爆破，感覺酸麻酸麻的，十分有趣。

這是「獺祭」唯一沒有列明精米步合的作品。據桜井社長說，『その先へ』是「獺祭」系列中精米度最高的一款酒，精米步合大概百分之十左右。至於真正數字，他說他也不知道，哈！

喝過這瓶酒的朋友，有沒有留意到印在和紙酒標上的字，每瓶是日本書法家「**三本一遊**」先生逐一寫上的。我心想，這酒銷量這麼高，山本先生應該每天都埋頭在寫吧！

酒色如水般清澈，而且香氣華麗：白桃、葡萄、白米飯，還有一絲乳酪酸。輕呷一口，酒感強，帶有白米飯和葡萄的酸味，配鮮酒體薄但餘韻悠長，好喝！難怪連安倍首相也以此酒饋贈美國的奧巴馬和蘇聯的普京了。

獺祭磨き二割三分‧遠心分離

「**遠心分離**」即「**離心力**」。

獺祭是首間利用遠心分離技術，在不接觸空氣的情況下，以每分鐘三千的轉速把酒液從醪（もろみ）中抽離，這個技術能大大保留酒的香氣，防止酒香揮發。

「遠心分離」技術以前多用在分離血漿和血液，現在竟能用在釀酒上，的確是業界的一大突破。雖說「遠心分離」能大大保留酒香，但在「即開即嚐」的情況下，酒香還是有點隱約，搖杯靜待數分鐘後，以白米飯和青葡萄為主軸的香氣才得以慢慢散發出來。

此酒酒感偏強，甘口，味道帶點青果的酸和白飯的甜，酒體薄但餘韻強，我覺得配以白身魚或貝類的話，會有很好的發揮。不錯喝！

獺祭磨き・二割三分

就是這瓶二割三分，令「獺祭」的知名度大增。原本釀造的藍圖只打算把酒米磨掉75%，即精米步合二割五分而爾，但知道有其它酒造已釀造了二割四分時，為保當時「最高精米度」這個話題性，桜井社長下令將酒米進一步磨至二割三分。就是這一個決定，「獺祭·二割三分」正式面世。

「獺祭」的成功，令當時的消費者認為，精米度越高，味道就會越好。

後來也有很多酒造，繼續挑戰高精米釀酒，如7%的「**殘響**」，1%的「**光明**」，和近期想像不到的0%「**零響**」。

這瓶酒無了論在香氣和味道上都和剛剛說過的「遠心分離」差不多（也可能是我經驗不夠，無法辨識）。以白米飯和青葡萄為主香氣，但香氣隱約。酒感强，味道偏酸，也是以白米飯那澱粉質的甘甜作餘韻收尾。酒體薄，餘韻强。

如果要與「遠心分離」作比較的話，我會毫不猶豫地選擇這瓶，因為兩者的特性非常接近，何必多花錢？除非你能確實分出兩者之別。

獺祭磨き・三割九分

大家可能都知道，獺祭只選用「山田錦」造酒。據社長描述，「每年的山田錦，品質不可能一樣，就算已經磨至二割三分，如果品質不理想，我們還是會直接用來釀造三割九分，因為，品質比什麼都來得重要。」

「二割三分」、「その先へ」等酒款明顯帶有葡萄香，釀出這種味道沒有問題，而且也有很多人喜歡，但卻給我一種刻意用白米複製白葡萄酒味道的感覺。這是要進軍外國市場的釀造策略嗎？我不知道，也不敢說（其實也沒什麼不對）。

三割九的上立香有少許未熟香蕉、白花和米的香氣，可能是已開栓了一陣子，所以香味因溫度回升而得以綻放。酒在口中，有點生香蕉和白米飯的味道，甘口，酒精感不強。酒體薄，餘韻雖無二割三悠長，但口感清爽。

我想，如果現在一邊喝著這酒，一邊吃著鹽焗日本銀杏的話，就完美無瑕了！

獺祭純米大吟釀・50

和三割九的情況類似，如果三割九的酒米品質不達標，酒造就把它們用在這瓶裡。雖然感覺上好像全部不行的酒米都用在這，但其實桜井社長還有其他考慮。

為了令更多人能品嚐到「獺祭」的美味，所以「獺祭・50」在定價上是有設上限的（撇除炒作價）。像是 1.8L 的，日本當地亦只是賣 3000 多日幣左右，試想想，這麼大一瓶，才兩百多港幣，非常化算呢！在商言商，「一分錢一分貨」，很合理吧。

「獺祭・50」的香氣和味道跟「三割九」差不多，只是花果香氣更為隱約，酒精感明顯強烈，甘口，酒體較薄，餘韻不長，而且到最後還多了一絲酸味。但從 CP 值的層面上來看，絕對是一個不賴的選擇。

註：從 2019 年 4 月日起，「獺祭・50」正式改為「獺祭・45」。爲了進一步提昇品質，旭酒造決定把釀造米再研磨多 5% 而得名。

獺祭純米大吟釀 48・寒造早槽

「**寒造早槽**」，照字面解釋，就是「在嚴寒的冬季釀造，在初春的一大早，把釀好啲酒壓榨出來」，帶出一個「**新鮮酒**」的畫面。

老實說，獺祭早就全年釀造，也沒分什麼寒造不寒造，只是，這瓶酒只會在十月至三月推出市

這瓶酒特別之處，是混合了「獺祭50」和「獺祭三割九」的酒液，除了集兩者所之長外，還是沒有經過「火入」（低温殺菌）的生酒。晚宴在11月舉行，所以有幸能品嚐獺祭的一款「冬季限定生酒」了。帶著香蕉、蘋果等香氣的「寒造早槽」，其味道也十分一致，我認為是眾多酒款中最清爽的一款，感覺上沒什麼酒精感，讓人不知不覺多喝了。甘口，酒身薄，餘韻短，不錯喝！如果大家喝慣了「獺祭」其他作品的話，有機會不妨找這款來試看看。宴會去到最後，我抓緊難得的機會，和桜井社長來個合照，還遞上一張自製的簽名卡，請他在上面簽名留念。

桜井社長看了看，又和我談了幾句，最後贈了我一個「志」字，並說道：「做任何事都要有『志』。『志』，信念也。」

在宴會中，我看到桜井社長充滿自信在場中穿梭敬酒，又到台上去和眾人玩遊戲，笑容滿面。其實，「旭酒造」的成功，得來不易。

他們曾面臨破產，就連本社的「杜氏」（杜氏——負責釀酒的頭目）對公司的前境也不看好並毅然離開，整間酒造，連老板在內只剩下四個人，包括連釀酒經驗和知識也沒有的員工。

也正因為這樣，造就了一間沒有杜氏，百分百靠數據分析釀酒的酒藏。「旭酒造」亦是其中一間可進行全年無間斷釀酒的酒藏。期間遇到過的困難，實在不足為外人道。

難得「桜井博志」先生把他面對過的辛酸，如何逆境求存，如何由一間瀕臨破產、在萎縮的市場下，連啤酒都釀過的小地酒藏，於30年間，變成現在「獺祭」能享譽盛名、暢銷世界20多個國

《獺祭‧極致》這本書沒有詳述釀酒過程，反而是一本分享怎樣面對逆境、怎樣經營品牌、怎樣贏得客戶心、讓公司員工持續成長的一本「職場工具書」。

本人來回讀了三遍，覺得必須推介給現在可能正遭遇瓶頸的朋友。放心！書中沒有似是而非的道理，也沒有「看似可、又不行」的廢話，反而是桜井先生的親身經歷，非常寫實，不錯讀！

至福の時間

幸福的時份

朋友告訴我，中環開了兩間合我脾胃的日本料理，叮囑我早點去試。雖然店名早有耳聞，但因事忙，一直沒機會光顧。今天適逢是太座和我的紀念日，就趁機前來慶祝。

晚上七時的士丹利街，人流出奇地稀疏，是中環人仍未下班？還是早已歸家？我不得而知。昏暗的天色，加上街道兩旁數支疏落的街燈，令掛在牆上，印有鮨店名字的燈箱格外明亮。走近時，剛好一輛黑色的平治跑車從旁高速駛過，氣流把淺藍色的暖簾吹到翩翩翻飛，暴露了後面那些會滲出淡黃燈光的石階。我挽著太座，拾階而上……

今晚，我來到了這裡：鮨琥珀（**鮨こはく**）。

拉開鮨店的門，一個漂亮的「3+5」L字型木製吧枱呈現眼前，旁邊好像還有一間小房間。店內面積雖小，卻不失雅潔。醬油碟和筷子不僅放得井井有條，吧枱上每席前面都放著燒有不同圖案的陶瓷「平皿」（放寿司用的平碟），在聚光燈的照射下，顯得格外奪目耀眼。餐房燈光以柔和為主。最「吸睛」的，是料場內琥珀色牆身上掛著的一幅金銀色的畫，這幅畫好像是用金箔和銀箔貼上去的，但又有點像現時流行的塑膠彩，有點立體感……「難道這就是店名的由來？」看得入神的我，心裡一陣狐疑。

雖然已七時有半，店內卻空無一人。

我把帶來的酒交給接代我們的男經理後，就和朋友安坐席前。師父們可能聽見人聲，立即從廚房出來，對我們鄭重地說了聲「歡迎，歡迎」。

「這裏沒有客人，如果你準備好的話，我們就開始吧。」我對師父說。

「但你們還沒有選餐呢……」

「沒關係，都交給你。」我說。

「明白了。」師父微微點了點頭。

師父蹲下身，從冰箱裡拿出三個「ネタ箱」。打開木蓋時，好奇的我立刻站起來察看。見今晚的魚鮮、食材，都鱗次櫛比地排

父從中取出一塊完整的白身魚肉，切出兩片後放到平皿上來……

「這是真鯛。」師父淡淡地說道。

「這鯛頗大條，應該不錯吃！」我說。

「你怎麼知道？」太座好奇地問。

「你細看湯霜後的魚皮一格一格的凹坑紋，大概就知鱗片大小了。鱗片越大，魚就越大。雖有例外，但至少鯛魚是這樣。」

「哦……」太座點了點頭。

「這鯛魚來自**淡路島**。」男經理在我們身後補充說。

有留意我食評的朋友應該知道，我最愛吃鯛，聽見經理說鯛魚來自淡路，我不其然問道：「是

鳴門鯛

如果大家有去過淡路島或德島，應該會經過當地著名的「**鳴門大橋**」。從大橋向下望，時間吻合的話，會看到海上那些巨形的漩渦，「鳴門鯛」就是在這種充滿急流和暗湧的水域中成長的

鮮，因此甚少經過急凍，所以肉質異常結實，美味程度絕非一般鯛魚能媲美。

我把鳴門鯛放入口中，隨即感受到那種只有高級鯛魚才會散發的獨特幽香。其高雅的甜味，隨著每次咀嚼而併發，不但肉質緊緻，師父在溫度的處理上也是恰到好處，比室溫略低一點，入口不冷。魚皮脆彈，卻又能一咬即斷，配合鮮磨的「**真妻山葵**」和自攜的佳釀……

「唔！真好吃！」我讚嘆地說。

城下鰈

「這是來自『**大分県**』的鰈魚」男經理又在我們身後補充。

「是**城下鰈**嗎？」我又問。

這次，男經理有點茫然。

「你可以幫我問問師父嗎？」

我見他好像對「城下鰈」這個日文名稱有點猶豫，我便看着師父問道：

「これは『しろしたかれい』ですか？（這是城下鰈嗎？）」

師父睜大眼睛，舉起大拇指，說道：「你是上手！」

「哪裡哪裡……只是早陣子剛好有吃過罷了。」我說。

「**城下鰈**」，其實是「**真子鰈**」的一種，在日本屬高級品。由於在大分縣日出町「日出城海岸」捕獲，所以又名「城下鰈」。**日出町海岸**有很多地下湧泉出口，鹹淡水交界之處，水中浮遊生物特別豐富，除了吸引吃這些浮游物的小蝦小魚外，還吸引了專吃小蝦小魚的中、大型魚類。城下鰈吃得好，肉質自然美味。

師父從鰈魚的背、腹和鰭上各切一片給我們品嚐。背肉硬，但魚味最濃，最適合「薄造」，不但容易咀嚼，魚的甜味也較易滲出。腹肉較背肉柔軟，味道清淡高雅。鰭肉又稱「緣側」，是鰈魚最活躍的一條筋肌帶，充滿膠質，口感爽脆。由於每條鰈魚只有左右兩條緣側，能吃到新鮮的已經不易，何況今晚是城下鰈的？

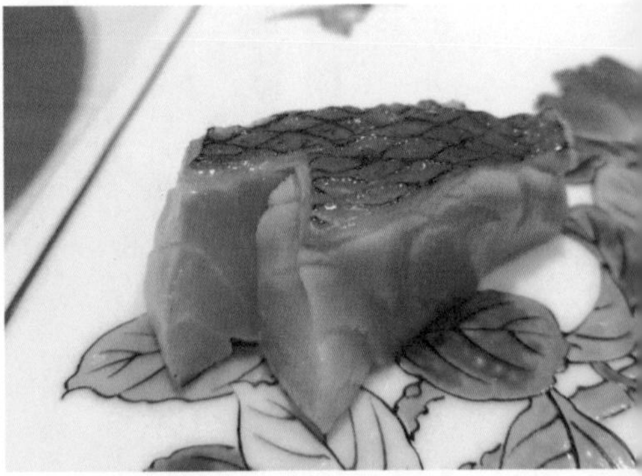

金目鯛

師父又在平皿上敏捷地放下兩片魚肉，我一看……

「金目鯛！」

「你真的知道很多呢！」師父道，「你也是做壽司的嗎？」

「不是，我只剛好認識……」

我夾起魚肉，沾上醬油，放進口中。魚皮被火舌舔過，雖有點兒燙嘴，但魚肉中心剛好是和暖和暖的。咀嚼間，魚的甜味自然

餘韻，但也非常好吃。

子持ち蛍いか

「你知得那麼多，我不介紹了。」男經理一邊放下，一邊說道。

「這個我也認識，是『螢光魷魚』。」太座搶先叫道。

我笑笑地拿起那串「脹卜卜」、

咬下去的同時，一股鮮味在口中爆發，原來裡面還有魷魚卵。

「怪不得那麼鮮美，原來還是**『子持』**呢！」我說，「配七味粉也很冶味！」

「什麼是『子持』？」友人太太問道。

一抱子』的，即是形容鮮魚體內有『蛋』。」我說。
「哦」朋友太太恍然大悟，「即是『含卵』啦！哈哈！」

毛蟹

在大家還錯愕著朋友太太的豪人豪語之際，師父又遞上一只黑陶瓷小碗。我接過一看，裡面放有一束毛蟹肉，上邊還放了點蟹

味噌。我一口吃下，柿子的芳香直沖鼻腔，蟹肉和暖，鮮甜結實。但墊在底部，吸飽酸酢的胡瓜薄片更加好吃；酸酸甜甜，十分醒胃。我心想，雖然只是區區前菜，但每個細節都做得一絲不苟，色香味俱全，值得讚賞。

文蛤

從一開始，餐房中就只得我們一組客人，所以連廚部出菜的速度也變快得了。盛毛蟹的黑色小皿還未收走，師父又遞給各人一只楓葉形碟子，上面放有一只巨大的燒文蛤。在我小心翼翼，用雙手接過時，鼻子已嗅到燒貝那陣陣潮香。放下碟子，我立刻舉著品嚐。剛燒出來的文蛤很燙嘴，但肉質Q彈，燒得一點沒有

過火。我把貝肉吃畢，拈起貝殼，連裏面的鮮美汁液也一飲而盡，再來一口酒……嘩……讚！

子持ちヤリイカ

「剛剛見你們吃得很開心，師父說再追加這個給你們……」男

經理邊放下邊說，「『含卵』大魷魚！」

眾人一看，又哈哈地笑了起來。在眾人又在取笑『含卵』兩字時，我趁熱吃下一塊……

「嘩！這個比『蛍いか』更好吃！」我邊吃邊說，「你看裡面那膏狀的魷魚蛋，唔……還有兩種口感……」

煮熟後的魷魚卵會變硬，且覆裹著魚卵的液體就變會成軟膏狀，質感有點像半熟的牛骨髓，鮮軟嫩滑。魷魚卵雖沒什味道，卻有不錯的質感，煙煙韌韌的，好吃！

煮蛸

師父從廚房取出一整只真蛸，在我們面前把長長的蛸足切下，正要分給各人之際……

「師父，我可以吃蛸的頭嗎？」我問。

「你喜歡吃頭肉？」

「我只想讓朋友們嚐嚐不同部位的口感…」

師父笑了笑，把章魚頭重新取出，切塊後和足肉一起遞上。由於章魚足的蛋白質和氨基酸量都較頭肉豐富，口感上肯定更好吃。大部份的店都著重在如何把章魚足煮得柔軟入味，往往就忽略了頭部。其實章魚的頭是很好吃的，耐嚼的質感也最適合配酒精感較重的醇酒。

今晚的章魚，足部柔軟可口，師父還灑上柚子茸來提昇香氣，不錯吃。連頭部的肉也比想像中軟彈，咀嚼到最後，還有點章魚潮香的餘韻呢。

吃過蒸蛋，終於來到壽司環節，我跟師父誇口說我很能吃，請他把今晚每種材料都握一貫給我嚐。他睜大眼睛，有點半信半疑，但最後還是點頭道：「好的！但如果你覺得飽，就早些告訴我。」「當然！」我說道。

師父打開ネタ箱，把各種材料都切出一片，放到木板上回溫。這樣做能避免寿司材料因過冷而鈍化了食用者的味蕾。在回溫後，客人就可更容易的嚐到材料的真美味。

いろいろなお寿司

今晚合共吃了21貫，這裡的寿司體形較小，對女士來說可能剛好，但對我這種大胃王，就欠缺了一點。

以下是今晚最強的幾貫。

春子

春子，カスゴ，鯛的幼魚也。三到四月是最佳的品嚐季節。有人問，春子鯛到底是什麼鯛的幼魚呢？對這個問題，真的是眾說紛紜。有的說是真鯛，有的說是血鯛，更有人認為是黃鯛。

據我所知，在日本，如果光說「春子鯛」，指的就是肉色像櫻花般淡粉紅色的真鯛稚魚。但因捕獲困難，所以漁民就以價錢較平宜的血鯛來填充。

後來市場上更有人開始供應價格更平宜的小黃鯛（又名「**連子鯛**」）。雖然大家都是小鯛魚，但因種類不同，味道上確實也有差別。就說魚皮的厚薄，真鯛活躍

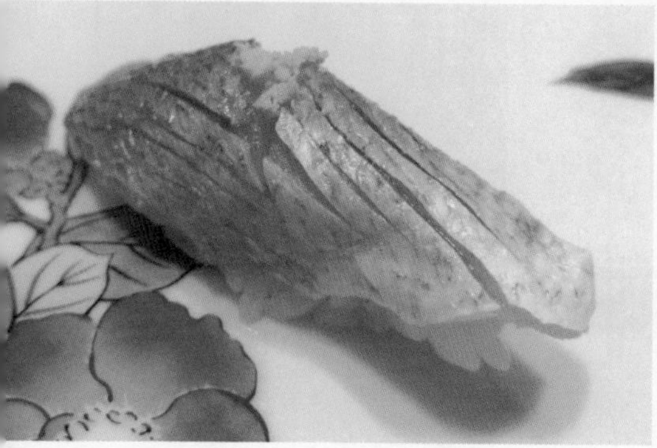

於深水，皮下脂肪豐厚，處理後口感柔軟。連子鯛的魚皮卻又簿又硬，口感和味道比真鯛差。

今晚的春子鯛，經過塩和酢的洗禮後，魚皮帶點微酸，口味香爽清新。淡淡的魚肉，柔軟且彈牙。師父在上面放了點鮮磨的薑末，對整體味道起了點睛作用。

今晚這貫開場壽司，漂亮！

鰑烏賊（スルメイカ）

春季除了是鯛的旬外，各式各樣的烏賊也在爭妍。雖然晚宴到現在，我們已吃過兩款烏賊，但師父依然拿出一塊處理後雪白雪白，大得跟A4紙一般的鰑烏賊，在我們面前先切出適當大小，再仔細地切出格子紋，握好壽司，抹上海鹽和柚子汁後送上。

「我看你很了解食材，你喜歡什麼烏賊？」師父問。

「這個問題很難回答，該看怎樣烹調吧！壽司的話，我比較喜歡『**新いか**』。熟吃的話，用『**障泥いか**』做『**印籠詰め**』也不錯。刺身就要用又爽又脆的『**槍いか**』。浸漬或沖漬，就非『**蛍いか**』莫屬了。」。

「你說的都吃過嗎？」師父睜大眼睛，好奇地問。

「有幸！都吃過。」

不等他再說話，我立即把壽司吃掉。柚子很香，魷魚雖爽脆卻有一點難嚼，可能是師父的格子紋切得太淺，還不夠把堅硬的紋理切開之故。雖如此，味道卻一點不遜。嚼到最後，魷魚肉還滲出那種黏黏的甜味，不錯吃！

「下一道是『車海老』，現在廚房正在製作，請大家稍後片刻。」

「好的。」朋友說道。

這時候，我和師父剛好對到眼，他笑笑問道：「你很常吃日本料理？」

「也不是常常吃。」我回答道。

「都在香港吃？」

「日本的也有吃過。」

「你覺得香港有哪幾家比較好吃呢?」師父突然認真問道。

「『鮨琥珀』是其中之一。」我說。「謝謝你」師父道,「還有嗎?」

每次遇到這些問題,不知為何,腦海裏總會出現小時候媽媽那「禍從口出」的教誨,所以我就把問題轉移……

「千葉師父,我聽說你以前在六本木一間著名鮨店當大將,不知是哪個名店?」

「呀!」師父嚇了一跳,「你知道我的名字?」

「我當然知道!你是『**千葉博文**』師父,是香港寿司界的名人哦!」

師父有點震驚,「名人?為什麼我不知道?」他抬頭看著男經理,好像在等他印證我的話。

「千葉師父在六本木的『**藏六鮨**』做過。」男經理說,「你們有吃過嗎?」

我搖搖頭。

「如果有機會可以去試看看。」千葉師父說。

「你都在這裏了,我還需要去那邊嗎?」我笑說。

「那倒也是。在日本還吃過什麼店?」千葉師父鍥而不捨地問。

我拿出手機,不好意思地給他看了看……

「哇呀!都是名店。」千葉師父說。

「像我們這種不懂吃的,人生路不熟,唯有道聽塗說了。」

「哪裡哪裡……像這間……和這間,不是識途怎麼知道?你有去過『齋藤』嗎?」

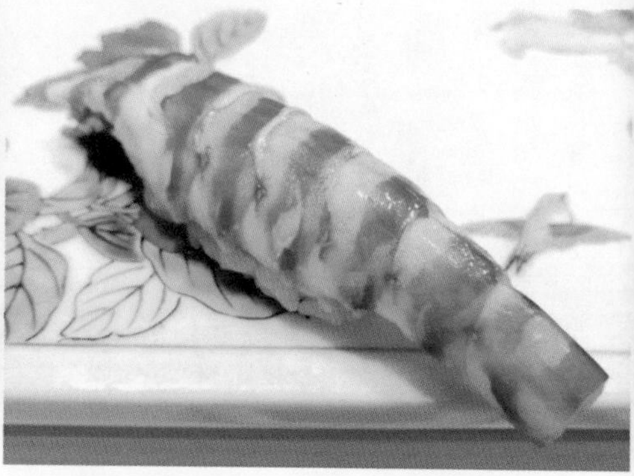

車海老

廚房師父送出數只剛燙熟的車海老，千葉師父接過後立即去頭剝殼，握出寿司。這裡用的車海老大小適中，男生剛好一口一只，女生的話，師父會貼心地從中間一切為二。

寿司的溫度和暖適中，海老身上的紅白紋理也很清晰，這是蝦子新鮮的最明顯特徵；肉質彈牙，蝦頭甘香，配合鮮甜的蝦肉，好吃極了！

鰯

「還吃得下嗎？」

「有什麼好東西？」

「鰯（沙甸魚）。」千葉師父邊說邊從ネタ箱中取出一條水嫩的魚肉。

「吃！」我說道。

師父把魚翻轉，魚皮朝下，右手把刀背抵著魚肉，左手指尖拈著魚皮，然後右手一推，左手同時一拉，「刷」的一聲，魚肉被推至捲起，魚皮就平順地貼在砧板上。這種去皮法多用在「光り物」如針魚、鰺、小肌，甚至秋刀等魚材身上。

此手法雖然我也會，但每次見到聽到，還是覺得十分療癒，尤其那清脆的「刷」的一聲後，還

可看看師父的手藝如何。

手藝好的師父，可以把夾在皮肉間那銀色的脂肪層完整拉出，整件寿司端出來銀光閃閃，非常好看。經驗淺或手藝不夠的師父，不是撕斷魚皮，就是撕破魚肉。使用此法，用力平均和職人自信，缺一不行。

千葉師父在魚肉表面切出整齊的格子紋，握好寿司、塗上醬油、放上蔥茸後，就小心翼翼地端放在我面前的平皿上。我拿起寿司，正準備送入口，一股醬油混合魚脂的芳香撲鼻而來。入口後魚肉柔軟有脂香，材料溫度亦得宜。吃這種油脂豐富的銀皮魚，個人認為魚肉不宜室溫，比室溫低5至8度，令魚的脂香控制到在口腔裡打散後是最佳散去。

我不是吹毛求疵，在日本，的確有這樣的鮨店，精準地控制每件寿司的舍利和魚肉溫度。今晚的沙甸魚，好吃極了！

鮪

今晚先後吃過三貫鮪寿司，但無論是背肉或腹肉，始終覺得味道不夠好……

「請問今晚的鮪魚是從哪裏來的？」我問男經理。

「我幫你問問千葉師父。」

經過一輪諮詢後，師父說鮪魚來自九州，是條小形的野生鮪魚，用「定置網」的方式捕獲。

因為是小鮪魚，難怪味道有點不成熟。

雖然春季很難捕獲肥美的鮪魚，可取的是，千葉師父堅持一定要用野生魚。他不選擇養殖鮪，也不用冷藏的南鮪。他對食材的執著，我是欣賞的。

說起鮪的捕獲方法，大家又知

道多少呢？除了師父所說的「定置網」外，還有「延繩法」、「一本釣」等等。

以後有機會再談。

お椀

今晚的湯很特別，看似味噌汁，但味噌味卻一點都不明顯，反之，口中傳來陣陣濃郁的海潮鮮。問下，原來湯頭用上了很多魚骨和甲殼類去淆煮，難怪又香又好喝。此外，加入滑蛋絲也增添了不少口感。在飲飽食醉之時，喝下這碗熱湯，的確不錯！

「覺得如何？」男經理問道。

「不好意思，到現在還未請教你高姓大名。」我說道。

「叫我『Jin』就可以了。」

「Jinさん，今晚的食物真不錯，材料不但新鮮，而且都來自最好產地。只是寿司的款式不多，千葉師父說他已扭盡六壬，但我還沒飽。」

「你大食囉！哈哈……」Jin打趣說道。

從我們進來到差不多離開，這位Jin經理一直在旁打點，介紹食材，又建議清酒給我們。原本他在「鮨中本」工作，後來被公司派來這裡幫忙。

「『**中本**』和『**琥珀**』都是同一集團。『琥珀』比較著重前菜，『中本』的寿司款式會多一點。如果有機會，你也可以去『中本』試看看。」

「一言為定，今晚真是辛苦你，也謝謝你請我們喝的酒。」我向JIN答謝道。

「千葉師父，我可以和你合照一張嗎？」

「當然可以！進來『料場』吧！」

「進『料場』？這樣神聖的地方，我真的可以進來嗎？」

「快來，快來！」

今晚真愉快！

今夜のお酒
十四代龍泉純米大吟釀

上次喝到她，是數年前在朋友的晚宴上。據朋友說，當時的龍泉已開了一星期之久，怪不得味道不太突出，也讓我無法相信令人趨之若鶩的佳釀，味道只是如此。為探求真相，自己就買了一瓶來試看看。

「十四代」這個銘柄相信就算是對清酒不太認識的人也應該聽過。位於山形縣村山市的「高木酒造」，建於1615年，到今天已經有四百多年的釀酒歷史了。

今晚的「龍泉」純米大吟釀，是「十四代」系列中最高級的酒款。酒造選用了「兵庫縣特A區」產的最高級別「山田錦」，並精米至50%，以低溫慢速發酵，又用袋吊粹取酒液，最後注入斗瓶作冰溫儲藏熟成，真即是費功又費時，難怪產量不多。

正因為不是經常能喝到，所以我分了三個階段來細嚐。我很想知道，此酒的味道，在開瓶後的改變和流向。

第一階段【從冷藏櫃取出】

開栓。

還沒倒進酒杯，蜜瓜，熟蘋果的香氣已瀰漫在空氣中，非常誇張。倒進酒杯後，香氣被集中在杯內的小空間，香氣更濃。

輕呷一口，雖然大家都知道清酒的主要原料是米，但龍泉的米味最多只佔30%，蜜瓜、白桃，熟香蕉等甘甜水果味道佔了60%；很奇怪地，居是還有10%的旨味。這真是個意料之外的味道。

初開栓的「龍泉」酒精感不強，口感很順滑，餘韻短，明顯還在甦醒狀態，味道和香氣也還沒達致頂峰。

我把瓶蓋蓋上，拿到餐廳作第二回的品飲。

第二階段【在開栓又蓋回的狀態下，醒酒兩小時】

到了鮨店，打開瓶蓋……

「嘩！很香！」朋友說。

「真的呢！這酒其實我剛剛已經打開過一次，情況竟和現在一樣，這麼遠的距離也能嗅到花果香氣，真厲害！」

我請男經理把酒倒到一個「片口」內醒，自己趁機再把龍泉多試一次。

和幾小時前的味道大同小異，但那10%的旨味消失了。蜜瓜、白桃子、熟香蕉的味道越加提升，酒感不強，甘口，餘韻依然不長。

這樣的酒非常適合淨飲，如果硬要搭配白身魚的話，在腦內出現的只有北海道的八角魚、曹以或是笠子，這些味道比鯛更清淡的魚肉。

第三階段【在片口內醒酒】

以這種大面積接觸空氣的片口醒酒半小時後，香氣和味道達到頂峰。蜜瓜、桃子的芬芳由清香變成甜熟，酒感更溫和，餘韻變長，每次吐納，香氣在後鼻腔內纏繞不散。

雖然以前也有幸接觸過一些類似的酒，但「龍泉」無疑是暫時給我最強烈感覺的一款。

奇怪的是，龍泉味道的下降速度比其他酒快。從頂峰到味道出現明顯落差只有區區廿多分鐘。

在這個時候，香氣頓減，甜熟的味道也變得隱約。這時的龍泉就像我數年前喝過的那瓶「一星期的龍泉」了。

我記得當時我在食評中說：「……如果龍泉真的是這等味道的話，隨便一瓶千多元的清酒就足以打敗她了……」（有興趣知道「一星期的龍泉」故事的朋友，可去看看我以前的食評：**離れの客室**）。

從這個實驗得知，如果要品嚐「龍泉」，開瓶後的品飲時間最好不要隔太久、也不要讓這酒大面積地接觸空氣。

以前清酒老師曾說過，品一酒，最好是把其味道在腦海中繪出圖畫。如果是這樣的話，我腦內的那幅龍泉圖應該是「璀璨的煙花」。

大家應該明白我的意思吧！

珠玉の数々

各式珍寶

「我跟你說，這兩間是同一集團。『琥珀』著重前菜，而另一間的寿司比較強，款式也比較多，如果有機會，可去試試看。」

自從在「鮨琥珀」經理 Jin さん口中獲得此資訊後，我一直蠢蠢欲試。

「她的寿司究竟有多強？」我心裏一直躊躇，無奈當時沒太多時間能外出吃飯，唯有看看網上光顧過的前輩留下的文章和照片解解饞。

六月下旬，終於有時間和太座出來吃頓飯。心想：「此時不去，更待何時？」我立即拿起電話訂座。由於是當天黃昏的訂座，實在沒把握能訂到吧枱席。

電話響起，傳來是位女生的聲音……

「請問今晚有沒有兩位 Counter？」我懷著希望地問道。

「現在嗎？」

「我現在動身，八時左右能到。」

「請等一等，讓我看看……嗯！有的。」

「能讓我坐在『中本』大將前面，請他為我握寿司嗎？」

「可以的，讓我告訴他。」

「那謝謝你，我們八時見！」我高興地說。

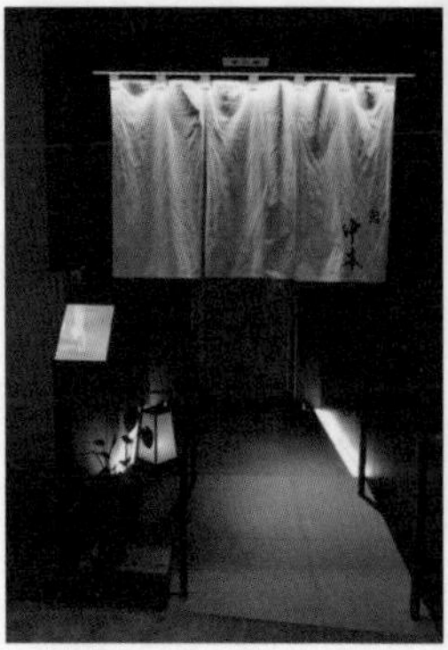

砵甸乍街很短，遠遠就能看到鑲嵌在石牆中，那片刻著店名的木牌，還有光芒在招牌後透出，醒目非常。

鮨店正門被一幅又大又長的暖簾遮蔽著。我翻開暖簾，踏進玄關位置，眼前除了小小地燈外，門的兩旁還各放有一撮，像馬路上看到的「雪糕筒」般形狀的塩。這種方式堆放的塩叫「**盛り塩**（**も**

りしお）」。在日本的習俗裡，盛り塩除了辟邪外，還有招來好運、千客萬來等寓意。

　盛塩的形狀不一，除了最普遍的圓錐形外，我還見過七角錐形和八角錐形的，各有不同意思。正當我仔細觀察盛塩之際，大門忽然打開，一位身穿吳服的女侍應笑笑地鞠了個躬，我立即尷尬地站起來，攜著太座小手，走了進去。

今晚我終於來到：**鮨中本**。可能是晚來的關係，餐房內僅有六位客人，包括我和太座。

　餐房是個很深的長方形，一個「3‡8」11席的寿司吧枱從入口處一直伸延至廚房。我坐在吧枱較短的那邊，從側面能看到整個料場。由於看過這裡的食評和相片，中本師父的容貌早已知曉。他對我微微點頭，輕柔地說了聲「歡迎」後，就繼續為前方的一對男女客人握寿司了。

　我坐在席上顧盼左右，發現料場後方的木牆有點特別。驟眼看像是聚光燈斜射木條做出的光與影，但這裡燈光柔和，也沒有特別明亮的射燈，怎能有如此鮮明的效果？再仔細看，原來牆身用了不同角度的縱向木條，排列出讓人看到有倒影的錯覺，非常有趣。除了木牆，我還注意到吧枱上沒有任何碟子、平皿之類能放壽司的器具，表示這裏的壽司是直接放在桌子上的。在日本，也只有高級和老牌的鮨店會這樣做，像我曾去過的「**きよ田**」和「**新富鮨**」。

　女侍應禮貌地遞上餐牌、酒牌。因要開車回家，雖然明知不能喝酒，但我依然細心閱讀：十四代、黑龍、磯自慢，還有一些300ml小瓶裝的清酒。名酒雖多，可惜價錢不太友善。無可厚非，做生意嘛！

「要喝點什麼？」女侍應禮貌地問道。

「請給我們兩杯熱茶。」

女侍應點了點頭，婀娜地離去了。

「中本師父，晚上好。」我說。

「你們好，今晚不喝酒？」

「不喝了，要開車。」

「哦……那想吃些什麼？」

「就『お任せ』吧。」

「好的。有什麼不吃嗎？」

「不好吃的我不吃。」

「明白了。」師父說畢，便吩咐女侍應準備。

中本師父看來有點悶悶不樂，沒精打采似的，是生意不好？還是有什麼原因？我不知道。

胡麻豆腐

不一會，侍應送上今晚的第一道前菜。像湯羹般的容器，上面放有一塊像麻將牌般大小的豆腐、數片海胆，還澆上用海藻做的透明芡汁和一小撮山葵。

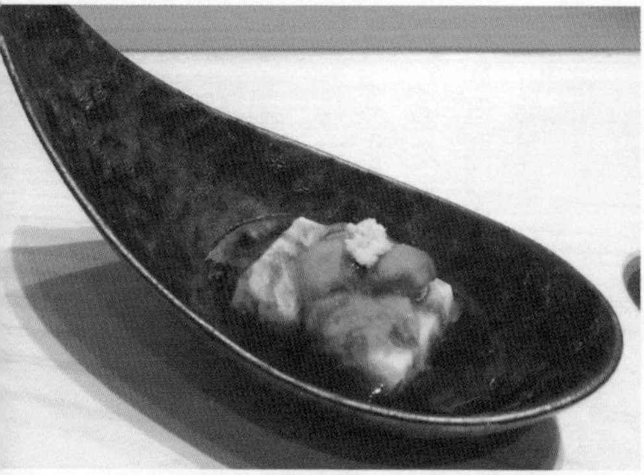

「這是胡麻豆腐，請嚐看看。」女侍應說道。

我把整塊豆腐吃下，這豆腐的質感很富彈性，與其說它是豆腐，倒不如說是啫喱。雖然已澆上鮮味的海藻芡汁，但胡麻的味道依然突出。相反海胆卻沒甚味道，只能視作點綴。整體味道是不錯，只是份量袖珍了一點。

海胆刺身

中本師父取出一只白色小碟，在上面放了三堆馬糞海胆，然後小心翼翼地放到我面前來。

「嗯，都是馬糞，不同產地嗎？」我問道。

「對，左邊是宮城的。中間是北海道產，右邊是岩手。」

「都是東北來的，而且全是塩水海胆呢。」我說。

「厲害！你怎知道？」中本師父的眼睛稍微睜開。

「都有吃過。」我笑笑地說。

（有關不同海胆的簡單介紹和資料，可參考我以前的食評：**うにが食べ比べる**）

三款海胆都非常新鮮，一點沒有融化跡象，而且還帶淡淡鮮甜和海潮的味道。當中，我還是覺得北海道產的味道最為出眾。

いろいろな酒肴

自第二道的「星鰈刺身」，到第三道的「煙燻牡蠣、煮蛸」，上面剛提及第四道的「海胆刺身」，和其後的初鰹、煮鮑、毛蟹、八寸、鮟肝等，都好吃，但份量只有一口半口，就算吃了十道各式各樣的前菜酒肴，肚子依然好像沒吃過什麼的感覺。

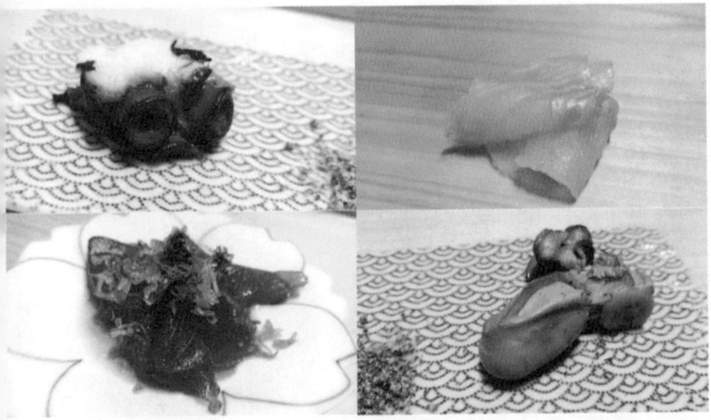

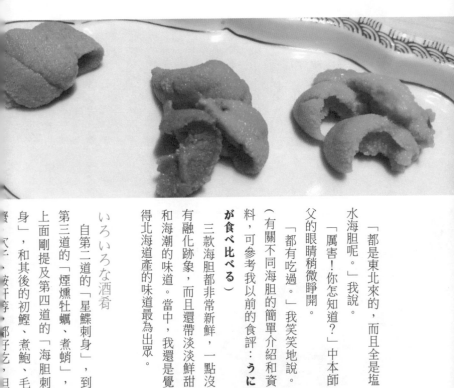

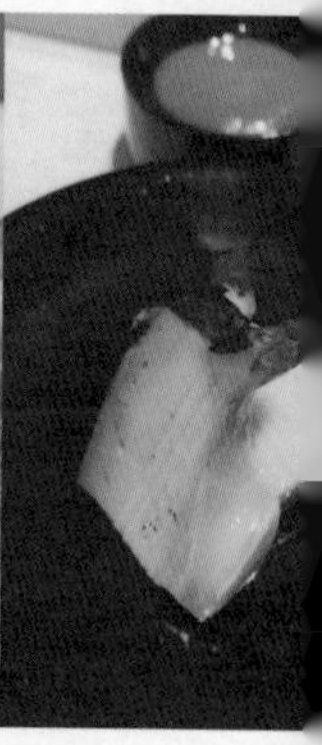
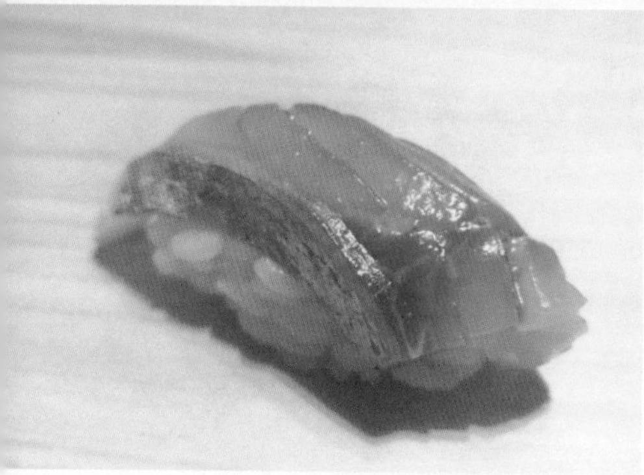

第一回のお寿司

縞鰺

「這是『縞鰺』。」中本師父邊說邊放下今晚的第一貫寿司。

粉紅色的魚肉，在燈光下顯得剔透，那條銀色的皮下脂肪層一點沒有損傷，代表處理者刀功了得。此外，寿司的形狀也十分工整漂亮。我伸手拿起寿司，試著透過手指來感受中本師父握飯的柔軟度。寿司拿起的瞬間，指感有點硬，放進口裡，立即感受到魚肉的彈性和那豐富的油脂，由於溫度不冷，魚肉的鮮味沒被低溫所抑壓。酢飯是顆粒分明的那種，帶點硬，卻有口感，整體來說很好吃。

鮪

師父從身下的冷藏櫃中取出一個木盒，裡面放著不同的鮪魚部位。見他俐落地把「赤身」、「中トロ」和「大トロ」各切下數片後，先放在一旁回溫……

「這是條很好的小鮪魚呢。」我說。

「當然！今天剛到的。」中本師父說道。

按照傳統的先後次序，師父先

把「赤身」放上。看那赤身散發著誘人的深紅，在燈光下顯得特別晶瑩。我拿起放進口中。先不說味道，雖然前後只吃了兩貫寿司，但我發現中本師父在控制醋飯與材料間的平衡拿捏得非常出色。

不知道大家以前在吃壽司時會否留意，有些師父為了讓寿司看起來「抵食夾大件」，會故意把[illegible]

本的，卻把材料切得又小又薄，又或者把醋飯握得比材料大。無論是哪一種情況，客人嚐到的都是失衡的味道。

話雖如此，但要做到味道平衡又談何容易呢？知道各種材料在不同季節中的味道差異是基本功，還要了解米、酢和水之間的微妙關係，最重要的，是如何拿捏寿司料的大小厚薄和酢飯的[illegible]

底掌握。因此香港很多鮨店的出品，總是在這條平衡的中線間徘徊。

這三貫鮪魚寿司，無論是最初帶有血酸味的「赤身」、有濃郁魚味的「中トロ」、還是散發著芬芳脂香的「大トロ」，材料和酢飯都能同時嚼畢下嚥。魚肉的鮮、酢飯的甜、醬油的鹹、山葵的辛、各式各樣的味道在口中調[illegible]混合，滋味一絕。

車海老

當我還在回味鮪魚的美味時，中本師父又放上一貫車海老寿司。看色澤、鮮度，這裡比「鮨琥珀」差了一點，但整貫寿司的線條和形狀卻非常完美。我拿起放進口中，溫度和口感都不太理想，肉質也較硬，可能是煮好後擱置了一會之故，雖然如此，但蝦肉的甜味卻不能不提。正因為較硬要多嘴嚼，讓那鮮甜之味得以延長，餘韻部份還帶點蝦腦髓的甘苦，不錯吃！

北紫海胆

「北紫海胆。」中本師父邊說邊放下寿司。

「不會吧？」我心想，「吃不到幾貫寿司，已經出「海胆」了，莫非這頓飯快吃完了？」

我把海胆吃下，因為一直在想吃不飽的問題，所以忘了味道。

「中本師父，請問後面還有幾貫寿司？」我問。

「還有穴子、玉子、卷物、お椀、和甜品。」

「不行，不行」我叫道，「我一點都不飽，而且剛剛瞄到ネタ箱裡還有許多食材……中本師父，請把今天有的食材都握一貫給我吃。」

「你大概還能吃多少？」中本師父問道。

「我的紀錄是42貫。其實你也不用在意，握就好了，我差不多飽的時候會告訴你。」

「42貫?數天前有個客人也是這樣！」

「真的假的?那最後這位客人吃了多少？」我好奇地問。

「好像也是40來貫。」
「那我們就開始吧！請你先給我一些漬物和羌片。」
中本師父放下羌片，側頭斜視著我，露出一副「你認真的嗎？」的樣子，那副沒精打采的面容頓時消失，整個人活潑起來。他敏捷地蹲下身，從冰箱裡一次過拿出三個「ネタ箱」（裝著魚材料的木箱），平鋪在桌上，在其中一個箱子裡取出一條細長的食材，拿起柳刃，低頭處理了片刻，握出寿司，掃上醬油，最後遞到我面前來。

第二回のお寿司
星鰈の縁側

「這是星鰈的『縁側』？」
「你怎知道？」中本師父吃驚地問道。
「早前我們不是吃了它的刺身了嗎？這應該是它的『縁側』吧。」
「是的。」師父回答道。
我注意看寿司時，不禁驚嘆中本師父的厲害。一條又細又長、最多只有3毫米厚的魚鰭肉，師父不但保留了那層銀白色的皮下脂，而且作蝴蝶開後兩邊還能左右均稱，刀功非常厲害。魚肉表面劃上的刀痕，解決了醬油附著和難嚼的問題。寿司放下的瞬間，酢飯間的空氣被擠出，下沉之力帶動醬油從刀痕間緩緩流下。我把寿司一口吃掉，「縁側」口感爽脆，醬油的鹹鮮引出了魚的甜，加上山葵的香氣……好吃極了！

皮剝

「カワハギ（皮剝）?」我問。

師父點點頭。

愛吃寿司的朋友對皮剝（剝皮魚）應該不會陌生，其肝臟的美味更是令人垂涎，每逢冬末初春，大家都有機會吃到肥美的魚肝。其實，夏季才是皮剝最好吃的季節。入秋後，為了過冬和生育，會不斷進食，其肝臟也因此變得肥大。

以前有師父告訴我，「皮剝這種魚，夏天吃肉美，冬季嚐肝肥」。

今晚的皮剝寿司，魚肉看起來有種「脹卜卜」的飽滿感，十分討好。吃在嘴裡，肉質緊緻彈牙，越嚼越感受到那種淡泊的甜。夾在魚肉和酢飯間的細蔥增添香氣之餘還抑壓了魚腥味。吃到最後，還有魚肝的甘苦作襯托，讚！

春子鯛

「是春子鯛？已夏天了，還有春子鯛？」我說道。

「你對食材很有認識呢。」

「其實我還是有很多東西不知道，如果能向你請教就最好了。」

「隨時都行。」師父高興地說。

春子鯛的介紹，我在上一篇食評「**至福の時間**」中已有提及，有興趣知道的朋友可去看看，我在這裏就不贅言了。

雖然這裡和「鮨琥珀」都能吃到春子鯛，但我覺得這裡的更好吃，不是說鮨琥珀的不好，兩店的味道也大同小異，只是今晚的春子鯛，魚皮更薄一點，口感上更嫩滑一點而已。

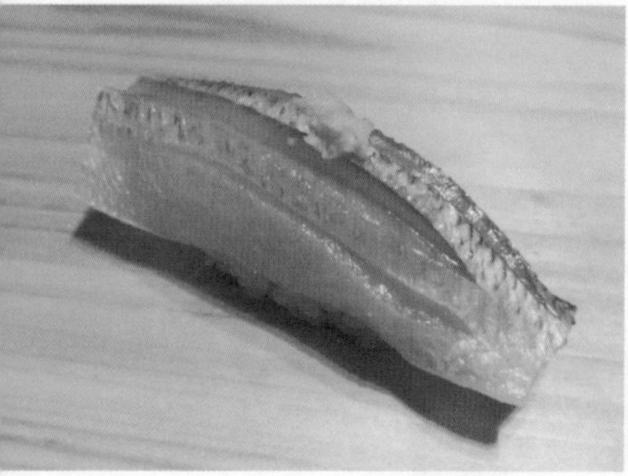

新子

師父拿出一只長碟，遞到我面前。

「這個要吃嗎？」

我一看，猛地點頭。

「嘩！新子？而且這些還非常細小呢！最小的那片，跟指甲差不多大！那麼細，你是怎麼切的？太厲害了！」

「處理也花了不少時間呢！」

師父露出得意的笑容說道，又隨即拿起筷子，把不同大小的魚片依照壽司料的形狀仔細地排列在左手指節間。看他流水行雲地製作，頃刻，一貫新子壽司就放到我面前來。

「對不起，『新子』太小，我又放得太多，有一片在握的時候不小心弄歪了，請你不要介

「我不介意！這樣小的魚，要排好已不容易，還能做出寿司，我真的非常佩服你的功力。」我說著說著，伸手把寿司拿起放進口中。

就像師父所說，這樣細小的魚，要花上的心機和時間，往往比大鰶魚更多，不但要一尾尾小心地處理，最麻煩是要掌握浸漬的時間。由於魚肉的大小和厚薄不一，應灑多少塩，酢漬多久才能讓每條魚有一致的味道，實在困難。塩灑多了，魚肉過度脫水，表皮質地變得乾癟，失去Q彈的口感。酢泡久了，魚肉又會發白，口感變柴。

今晚的新子寿司，雖然師父握壞了一丁點，但魚肉鮮嫩，不但漬魚的醋能和舍利互相調和，薄

真鰺

「真鰺，請吃吃看。」中本師父說。

「繼『新子』後，現在是『真鰺』，看來我們已進入吃『光り物』的階段了。」我說。

「對！有不喜歡吃的嗎？」

「完全沒有。」

今晚的「光り物」寿司，除了上面提及的「春子鯛」和「新子」師父堅持我一定要試吃的「鰶」。

我覺得每一款都很不錯，「真鰺」的肉質細緻，像女生的肌膚般柔軟，還有細蔥泥去腥和醬油提鮮，好吃！

鰯

「鰯」的肉質比「真鰺」更軟，加上師父在魚肉上劃了幾刀，入口只需上下顎輕輕一抿，已盡成滿口脂香，加上大蔥的辛辣壓腥，好吃！

剛剛雖然已吃過「新子」（鰶的幼魚），再上「鰶」已算是重複，但中本師父還是堅持我一定要吃。

鰶魚是最能試出師父功力的寿司料之一，剖魚的刀功、鹽醃和醋漬的比例，決定了風味。我拿起寿司，發現酢飯比剛才的暖了些，又軟了些。難道師父為了這貫寿司，連酢飯也換新的？（可能是我自作多情了）。

鰶

我一口吃下，魚皮有點乾硬，這可以是鹽醃時間過久，或是寿司料已放了一段時間所致。

我立刻查看太座的那貫，發現魚皮表面有微細的皺紋，肉質是可以的，味道也算清爽，和溫暖的酢飯也能融合，就是那稍稍乾硬的魚皮令整件寿司失色了。

我低著頭，閉著眼，看似認真在品嚐，其實心裏正躊躇著，萬一中本師父問我味道如何，我該怎麼回答？果不其然……

「味道如何？」

「今晚所有的『光り物』都很好吃，但這貫『鰶魚』，皮有點硬，我猜這不是今天的來貨，有可能是昨天或是前天的。」

我刻意把來貨的日期說得更早，希望師父會意到鰶魚的表面已有點乾涸，放久了。

「原來是這樣，對不起，這兩貫不收錢。」中本師父說道。

我笑了笑，點了點頭。

貝寿司

「現在是貝類，有不吃的嗎？」

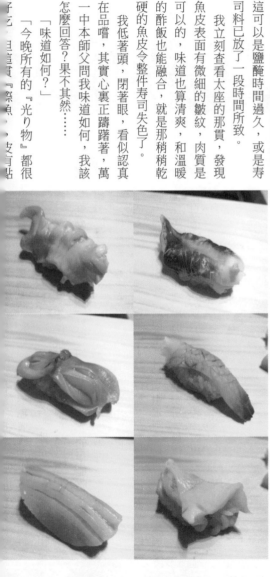

戳他一下。

「好的。」中本師父笑笑道。

經過剛剛的鰶魚寿司後，中本師父對我也認真起來，在ネタ箱內一口氣取出數款貝肉，逐一處理後放在一旁回溫。

今晚光是貝類就吃了七種：**鳥貝**口感軟滑、**石垣貝**肉質厚實、海松喰潮味澎湃、**赤貝**冰爽香脆、**つぶ貝**齒感十足、**平貝**甘甜

還有我最喜愛的煮蛤。

煮蛤

師父在箱中取出兩片蛤肉，用刀處理後，握成寿司，掃上醬汁。桃紅色的蛤肉，加上緩緩滴下的濃郁醬汁，光是賣相已十分吸引。我拿起吃之，蛤肉柔軟有彈性，加上那香甜濃郁的醬汁，真的是越嚼越有味。煮蛤壽司在香港不常見，因為處理繁複，又賣不起價錢，所以沒什麼鮨店要做，今日難得吃到，真是喜出望外！

「你真的很能吃，還吃得下嗎？」

「如果你有好吃的，我還可以。」

中本師父翻開他的木箱，又跑進廚房，最後再為我握了以下六貫—

鯣**烏賊**軟糯鮮甜，**喉黑**肉質緊緻，**伊佐木**口感彈牙，**白蝦**甜味清雅，**鱒の介**肉質柔軟，**海胆**味道濃郁。

巻き物

「差不多了，今晚全部的食材都給你吃了一遍，再來的還有穴子、玉子和湯品……」

「這樣的話，我想先吃些卷物。」

[illegible]

「我想吃『**乾瓢卷**』，我太太要『**梅紫蘇胡瓜卷**』。」

「好的。」

「那個『梅紫蘇胡瓜卷』，加一些『**鰹削り花**』（鰹魚片）會更好吃，要試看看嗎？」

「好的，麻煩你。」

師父轉身走進廚房，出來時手上多了兩條迷你胡瓜（青瓜），我一見大喜，這種迷你胡瓜味道極爽極脆，比常見的長青瓜好吃多了。

師父把胡瓜切頭去尾，隨即拿起身旁的木製「鰹節削り器」，拉開當中的小抽屜，掏出一條小小的本枯節，在木盒上來回刨了數下，打開抽屜查看……

「削出的『鰹魚花』是不是像鉛筆刨裡的木屑？」我開玩笑的

[illegible]

一切準備就緒，中本師父拿起竹簾，以純熟的手法把所有材料組合，最後灑上鰹魚花，作六段切後遞出。

煮穴子

「今天我們進了很多穴子，前菜時你已吃過『白燒』，現在是老實說，我不喜歡煮得過軟的穴子（軟到連夾起來也有困難），當然，也有一些是煮好後放在冰櫃，待吃時取出加熱至斷裂的。

「剛煮好」和「煮好後翻熱」的最大分別，就是穴子的溫度。我吃過有穴子加熱過度（可能是用微波爐加熱），師父連握也有困難，吃的時候又燙嘴，肉質也非常柴。相反，也有加熱不夠，[illegible]非常不悅。所以，如果大家有幸吃到即日煮好的穴子魚，就知道它能有多好吃了。

今晚的煮穴子，其肉質厚實卻又充滿彈性，整片魚肉都是人肌的溫度，和酢飯的溫度也很一致，附在上面的醬汁鮮甜和順，非常好吃。

玉子

「這是最後的了。」

中本師父邊說邊放下兩塊像麻將般的玉子。表面覆蓋有一層薄薄焦糖的玉子，中心組織非常綿密，底部還有丁點汁液滲出，光看就知道很好吃。

我夾起一塊放入嘴巴，最先感覺到是焦糖的脆，用舌頭一頂，焦糖頓時壓成碎片，緊接著的就是雞蛋的香和甜，質地就像 custard 樣。吃著吃著，還感覺到有蝦肉的鮮……

「真好吃，是蒸的嗎？」我讚歎道。

「你怎知道？」

「我想如果用焗的話，很難做到這麼水潤。而且這個蒸法絕對困難，時間掌握也必須準確。」

「謝謝你的肯定。」中本師父終於露出滿足的笑容，及鞠躬。

「最後，我們還有水果，吃得下嗎？」

「水果是沒有問題的。」我答道。

侍應把水果放上，説道：「你們對日本料理認識很多呀！」

「哪裏哪裏，你有機會和『**中本正紀**』師父一起工作才令我羨慕。他以前在日本的『**すし家一卿**當大將，知識非常廣博，你

能接觸不同素材之餘，也能學到很多方面的知識，而且你的日語能力也非常高呢！」

「不是的，我只有『N4』程度。」

「怎麼可能！以你的程度來看，應該已有『N2』了，繼續努力呀！」

「話說回來……中本師父，我

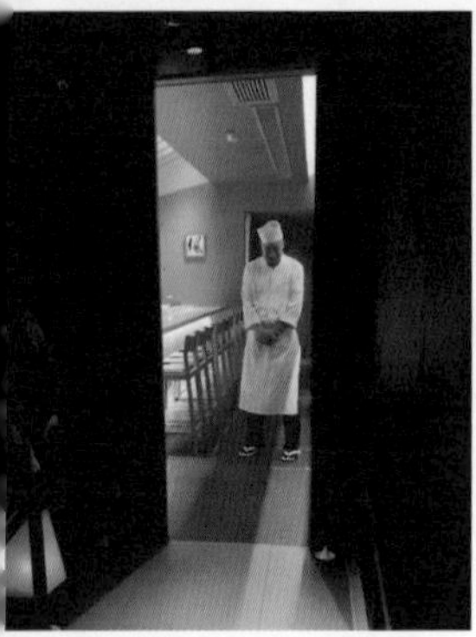

可以和你合照嗎？就在那幅『一**貫入魂**』前」。

「當然可以。」中本師父信步進了廚房，在另一條通道上出來。

當我正準備踏出門口之際……

「下次要來，請早點打電話給我，我幫你預備更多材料。」中本師父説道。

「一定一定。」我回答道。

中本師父目送我們出去，微微地鞠了個躬，露出靦腆的笑容。

海胆の祝宴

海胆盛宴

上次在天膳舉行的海栗宴慶幸得到不錯的反應，朋友知道後一直追問何時再辦。適逢又到了日本海胆的解禁期，我思前想後，這的海栗宴，要在哪裏舉行好呢？

突然想起以海胆杯聞名的「**鮨文**」，但Cupid師父早已北上打拼，常不在港。我嘗試直接聯絡他，師父卻反邀請我去深圳相聚。我想……自己去當然沒問題，但要十二人一起赴會，時間配合上未免有點困難。最後我還是誠懇地遊說他回港一聚，順道為我們主理今年的海栗宴。

「光吃海胆嗎？」Cupid 師父問道。

「不行！太單調了！你有什麼好主意？」我說。

「想吃鮪魚嗎？野生的。」

「野生的當然好，可惜這個季節，捕獲到的大都是一些小鮪魚吧。」

「說是沒錯！但供應商那邊恰巧通知有一些好貨，我也想訂回來試看看……有沒有興趣一起當白老鼠？」

「白老鼠我常常當，沒有問題。」

「告訴你一個秘密，我常常和『初音鮨』共享一條鮪魚的呢，哈哈！」

「『**初音鮨**』？是蒲田哪間？聽說店主太太早前健康出問題。」

「是的，但現在已出院了。」

「我之前去東京的時候一直想試，可惜當時她們還未重開。」

「啊！想起來了！牡丹蝦想吃嗎？手掌一般長哦！」

「お任せします。（都交給你辦好了）」

「大丈夫（沒問題）！總之絕對不會令你失望！」

就這樣，今年的海栗宴，算是敲定了。

有了好的師父和高質食材，怎能沒有好酒？感謝朋友的信任，今晚的清酒大部分都是我的私藏品，一年一度，就趁這個機會，把它們通通嚐一嚐吧！

是日，六時半，我帶著興奮的心情，步進了這裏：**鮨文（紅磡店）**。

門一打開，剛步下數級臺階……

「歡迎，歡迎……」

一位侍應探頭出來，用日語大聲叫道。我也邊走邊點頭示好。走完一小段後，一個能容下12人「L」字形的壽司吧台出現在眼前。Cupid師父正站在料場中央等候著我。

「喂！很久不見了！」師父親切地說道。

「彼此彼此！你近來可好？分店越開越多了。」

「大家給面子，哈哈！來來來，

說邊向一人招手……

「這位是今晚海栗宴的供應商『R先生』！」

「榮哥你好，久仰久仰！我也是你的粉絲。」R先生說道。

雖然宴會中的都是朋友，但突然當眾給人叫『榮哥』，我頓時有點害羞起來。

「『R先生』你好。今晚的海栗宴真是辛苦你了，沒有你的面子和江湖地位，宴會肯定難以成事，我在這裏要衷心謝謝你。」說著我便鞠了個躬。

「請你不要客氣，我只是盡綿力，希望今晚你們吃得盡興。」R先生說道。

「兩位不要謙虛了，來坐吧！」Cupid師父插嘴說道：「要跟上年

拍張『全家福』嗎？」

「這個還用說嗎？今天你和R先生準備了多少款？」

「哈哈！不多不多！18款而已！」師父露出得意的笑容道：「還有，我知道你喜歡吃白身，所以我又叫了一條野生『平目』給你吃。」

「太謝謝你了！我看朋友也到得差不多了，為免你們太晚下班，我們這就開始吧！」

「はい！」Cupid師父大聲叫道。

蓴菜螺貝酢の物

「吃壽司前，不如先吃我今晚為你特別準備的前菜……」Cupid父邊說邊微微蹲下，在冰箱拿出一包東西，赫然放到我的面前，說到：「就

寫著「**生じゅんさい**」，我立刻叫了起來：「難得！難得！」

「**蓴菜**」，蒓菜也。小時候已不易吃到。現在人大了，環境污染也越趨嚴重。這類只生長在潔淨水源的荷塘類植物，就更顯珍貴。在日本，秋田產的質量最佳。

初夏是吃蓴菜的季節，吃過的人相信也不少，但大家知道如何採摘的嗎？

蓴菜生長在沼塘間，採摘時工人要俯伏在小艇邊緣，身邊準備一個收集蓴菜的小竹籃。在水中作業時，為了能看清像指甲般大小的蓴菜，要盡量避免翻動淤泥，動作講求「慢」和「輕」。工人會一只手輕輕把浮在水面的蓮葉提起，另一隻手就謹慎地折下長在根部的嫩芽。蓴菜被一團透明的粘液包裹，其作用是避免小魚小蟲啄食嫩芽。這層天然保護膜也令採集者手指難以著力，工作變得難上加難。因此，品嚐蓴菜時，要記住食物來之不易，大家務必珍惜。

蓴菜雖然嫩滑，卻完全沒有味道，只能靠醬汁輔助。今晚 Cupid 師父選了土佐醋來搭配。

先隔走浸泡著蓴菜的水，將其轉放至各小碟中，在上面加上兩片新鮮的螺貝，注入土佐醋，

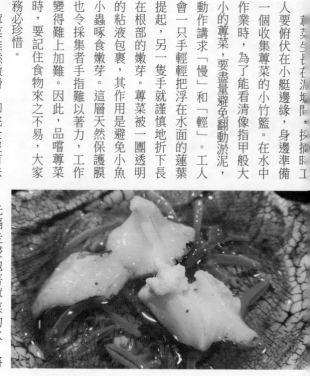

灑上柚子茸，再放一小撮山葵上去……一個清新、簡單又合時令的前菜就完成了。

我夾起螺貝放進口中，十分爽脆，咀嚼時「索索」作響，齒感十足，餘韻還有淡淡柚子果香……

蓴菜有粘液包裹，筷子夾不起來，乾脆提起小碟，一口氣倒進口中。

鮮酸的土佐醋，配合山葵的甜和蓴菜的嫩滑……開胃極了！

鮮

「我知道你喜歡白身，今天特別為你準備了一條野生平目。」Cupid 師父說。

「太棒了，謝謝你。」我合十回答道。

師父二話不說，取出一整條處理好的平目背肉，排好碟子，小心翼翼地薄切起來。

「師父，切厚一點可以嗎？」朋友借著酒意，大聲說道。

「哈，你不知道新鮮『平目』的肉質很硬，薄切才是王道嗎？你肯定沒有看『榮哥』出的書了。」另一朋友取笑道。

我當作沒聽見，繼續欣賞師父的手藝。

見他一片接一片的把魚肉排得整整齊齊，旁邊的小師父就接著灑岩塩、放青檸，合作井然有序。最後經 Cupid 師父過目，再放上新鮮山葵後遞出。

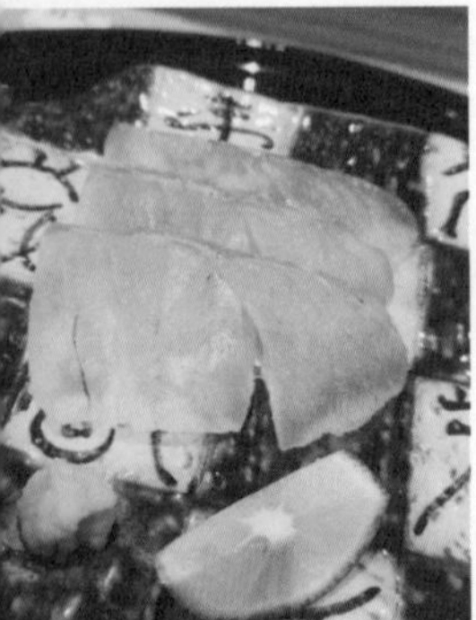

接過碟子，立刻吃上一片。於室溫狀態下的魚肉，咀嚼時能充分感受到口中纏綣的平目香氣，肉質緊緻彈牙，岩塩的鹹和青檸的酸，使唾液激增，魚肉就在這種充滿味道的唾液包裹下，徐徐滑進食道，好吃極了！

「這是我跟你提及過的野生小鮪魚，你看看…」師父邊說，邊舉起一段用吸水紙包裹著的鮪魚肉，還有一張寫有捕獲資料的紙。

「**石司**……」我說。

「是的。和『初音鮨』分享同一條。」

「厲害！」

師父嘴角露出靦腆的笑容。

「打開看看吧。」我說道。

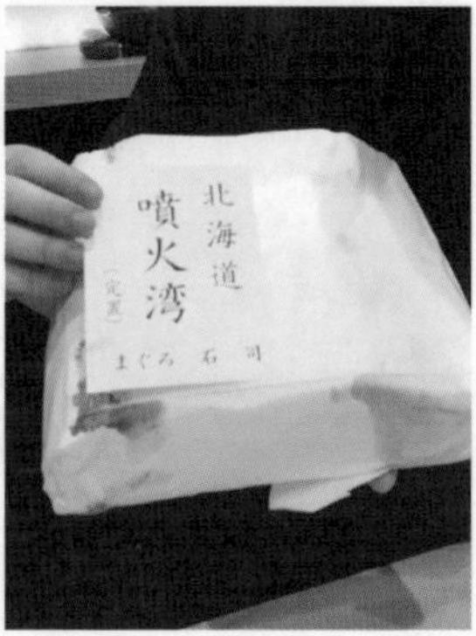

師父慢慢揭開吸水紙，露出一大塊鮪魚中段，但奇怪赤身的部份已被切走，只剩下「中トロ」和小量的「大トロ」。可能師父知道我喜愛油脂適中的部位吧！

Cupid 師父仔細地把魚肉切成尺寸均等的片塊（這種切法名為『**柵取り**』，『**さくどり**』），

之後再切成刺身遞出。我看著面前那兩片魚肉，顏色由淺轉深，脂肪和赤身的比例均衡，非常漂亮。

「這個不能少！」師父邊說邊往我碟上一放。

「鮮磨山葵！讚！」我叫道。

我把一小撮山葵放到魚肉上，隨即送往嘴裡。咀嚼間，山葵的香氣充斥鼻腔，鮪魚的脂香也擴散整個口腔，口水稀釋了山葵的

的辛辣，剩下的甜味又慢慢緩和了魚肉的油膩，使味覺變得清爽……好吃！

鮪皮下

「弄個手卷給你吃。」

「什麼手卷？海胆手卷嗎？」

「不，這個……」說著，Cupid師父拿起那塊切剩的鮪魚硬皮。

「刮？」我問。

「刮！」他點頭道。

「夠？」我續問。

「只夠你一個。」

「好！你要悄悄地給我啊……」我輕聲地說。

師父打了個眼色，手上做著「OK」的姿勢。

愛吃鮪魚的朋友都知道，其以前的食評「**素敵なお壽司屋さん**」裡也略有提及，最好吃的鮪魚茸，絕對不是用刀剁，而是用湯匙刮的。這個部份的肉稱之為「皮下」。當年曾在「**鮨魯山**」吃過，今晚看來又可以品嚐多一次了。

Cupid師父拿起湯匙，仔細地把連在魚皮上的肉和皮下脂刮下來，堆放在一小碗中，取出海苔，壓上少許醋飯，再把魚茸夾在其中，單手瀟灑一捲，「鮪皮下」手卷即大功告成。

我偷偷接個手卷，立刻把它塞進嘴巴，只輕輕一咬，海苔應聲碎裂，油脂在口中瞬間爆發，咀嚼間，魚肉的甜味漸漸滲出，混合著味濃的赤醋飯……這個手

いろいろな海胆

「是時候吃海胆了。」Cupid師父說。

「那就把它們全部排在吧枱上讓大家拍照吧！麻煩你們了，真的不好意思。」

「不要客氣，我也想知道有多震撼。」

話音剛落，師父和其他助手一起把今晚所有的海胆從身下的冷

點算。

「嘩！不會吧！越拿越有！?」朋友驚歎地說道。

「師父！這邊！看鏡頭！」

「師父！請你拿起海胆！對了！就是這樣！」

「師父！等等！我在拍片呀！」

一眾友人興高采烈，幾位師父也十分配合，還做出一些鬼馬的表情。（我心想現在做壽司師父也真不容易，唉！）到最後Cupid師父看著我，做出一個我熟悉的表情……

「哈！『照壽司』！」

師父會意地笑了笑，隨即吩咐助手打開全部盒子，一字平鋪在吧枱前。朋友們見狀，紛紛蜂湧到中間位置，喧嘩地討論著能否吃得完，但面上卻流露出「非把海胆全部幹掉不可」的表情。

就如師父所說，今晚我們可嚐18款來自日本不同產地的海胆。

「今晚的海胆主要來自北海道，也有『**禮文**』和『**利尻**』兩島的。有來自東北的『**宮城**』、『**青森**』，也有南方『**山口縣**』和『**大分縣**』的。蘇聯產的我也進了一些。但最好吃的定必是我面前這三款來自『**羽立**』、『**東沢**』和『**橘**』的極品海胆了。希望大家今晚吃得開心盡興！」Cupid 師父話畢，即領其他師父鞠了個躬。

在朋友一輪熱烈的掌聲下，師父也開始為我們握製壽司了。

牡丹海老

海胆壽司數貫下肚，師父說道：「也吃一下其他款式的壽司吧。」

「好啊！有什麼好料？」朋友問。

師父蹲下身，從冰箱內取出兩只牡丹蝦，朋友們一見譁然。

「哪裏弄來兩只那麼大的牡丹蝦！是不是變種的？否則怎麼會那麼大？」

「今晚的牡丹蝦來自北海道，

Cupid 師父邊說，邊熟練地把蝦頭、蝦殼逐一剝下，又吩咐助手們把蝦頭內的腦髓挖出，放入小碗中。

腦髓集齊後，取出火槍直噴，火的高熱蒸發掉多餘的水份，使味道更濃郁。在「劈嚦啪啦」的燒製過程中，料場內蝦香四溢，最後，師父把烤好的「蝦味噌」放到握好的牡丹蝦壽司上，點上醬油後立即遞出。

我拿起壽司往嘴裡一放，灼熱的蝦味噌碰到上顎，同時，冰涼的蝦肉又貼著舌頭，感覺十分奇妙。在咀嚼過程中，蝦腦髓釋出的鮮味包裹著甜糯的蝦肉，伴隨還有人肌般柔軟的赤醋飯，一鹹一甜，一冷一熱，由層次分明，到渾然一體……陸陸續續又吃了

川のうに

鰯

「還吃得下嗎？」Cupid 師父問。

「你還藏了什麼好東西？」

「今天剛來的『鰯』非常肥美，如果你們還吃得下，我就把它全部處理掉，況且又是那句話，吃了那麼多海胆，是時候喚醒一下味蕾……」

「說得也是，好吧！那就麻煩你了。」我說道。

師父使了個眼色，助手立刻把三尾碩大的沙甸魚拿走處理。那位小師父也的確了得，三兩下就把魚清洗乾淨，切頭去骨，妥妥地交了回去。Cupid 師父隨即動手分割魚肉，整齊地切出12片厚厚的壽司料，之後隨即開始製作……

「來試看看。」邊說邊把握好的鰯壽司放到我碟子上來。

師父在魚肉上劃了一刀，露出了石榴紅色的魚肉和乳白色的皮下脂，光看已令人垂涎。此外，整件壽司料表面佈滿油脂，在燈光下反射出藍綠色的光芒，令微醺的我，眼前為之一亮。

我拿起壽司放入口中，一股醬油香氣率先襲來，隨著每次咀嚼，澎湃的脂香充斥著整個口腔。新鮮的魚肉不帶一點腥氣，而且還有那種既Q彈，又一咬即斷的齒感。

「這件壽司真不錯吃！」我驚歎地對 Cupid 師父稱讚道。

小肌

海胆吃著吃著，突然，師父放下一貫小肌。

「試一下。」他說。

「？」我露出疑惑的眼神。

入口的第一感覺是魚肉偏硬，

最大原因是鹽漬或醋漬的時間過長。但由於小肌的酸味不明顯，所以我認定肉質偏硬的主要原因來自塩漬時間的掌握。魚是自然之物，不難想像其大小、厚薄一定有偏差，就算漬的時間一樣，但每片魚肉出來的效果和味道也不可能相同，因此光物的醃製從來都是職人經驗和能力的大考驗。

「這魚肉是你處理的嗎？」我笑笑地問 Cupid 師父。

「不，我今天下午才下來，哪有時間處理？是敝店的小師父負責的。」

說著便把那位小師父請來。

「榮哥，『贈』他幾句吧！」

我心裏有點突兀，但還是開口了。

「小師父，你好，真羨慕你能夠跟著 Cupid 大師父學習……」

小師父帶著靦腆的笑容，點了點頭。

「你不要介意，我就老實說了。我認為魚肉硬了點，醋味不夠，應該還有進步空間……」

「嗆！不是只有我說，連客人都這樣說了！」還未等我說畢，Cupid 師父就開始嚴肅地對著那位小師父輕聲道。

「嘿……人有錯手，馬有失蹄，可能小師父知道老闆你今天下來有點壓力……有可能和女朋友吵架，心情低落……又……」

「榮哥！請你不要替他找籍口……」說著，便搭著小師父的肩膀邊說邊走進後場……

太座見狀，斜著眼鄙視道：

「又來好心做壞事了。」

「妖……說出來只是希望他能進步，指出其不足之處，日後方能改善。」我懊惱地說道。

「唉……已經和你說過無數次，不是每個人都能接受，你看！又被拖去『照肺』了。」

我無語……

（其實這個問題已困擾我很多很多次。大家去光顧不同店家的時候，有否遇到類似的情況？大家又是如何處理的呢？說？還是不說？）

迷你海胆杯

「榮哥，剩下的海胆不多了，你看怎辦？」Cupid 師父把餘下的海胆通通集齊，放到我面前來。

「不如你為我們做一個『**海胆杯**』吧！這是你家的 signature 呀！」我笑道。

「嘿嘿嘿嘿，見笑見笑……」

一聲令下，剛被罵完的小師父立刻準備好12個小皿，並且在裏面放上一口醋飯，Cupid 師父親自把餘下的海胆整齊地鋪在醋飯上，然後遞出給各人。

「各位，這個『海胆杯』裡有不同的海胆，和醋飯混合後一起吃，味道更好。」師父說道。

我聽從師父吩咐，先把海胆和醋飯混合，滴上少許醬油，放上山葵後隨即放入口中。海胆杯通常用當天店裡供應的海胆，但我們今天這個海胆杯卻用上了多種不同質感的海膽，因此味道不再單一，濃郁中帶清甜，絲滑中又有些顆粒感，加上刺激的山葵和鹹香的醬油……好吃極了！

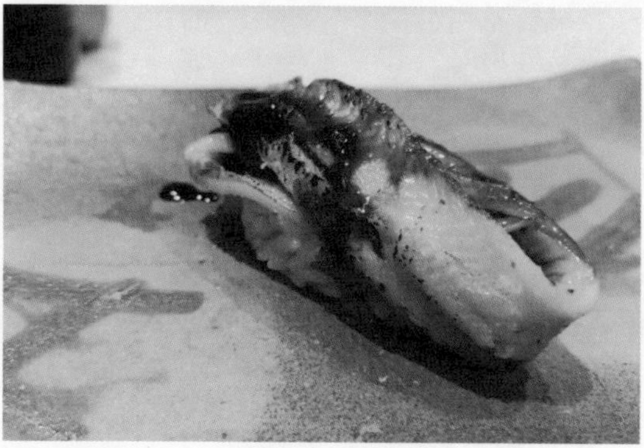

穴子

「這是今晚最後的一道。」師父邊說邊把穴子放到我面前來。

「謝謝。」我說道。

穴子品質平平，不用說，這也應該不是今天的魚貨，魚肉瘦又欠油脂，煮得也有點太過，雖然不甚好吃，師父卻給足誠意。把瘦長的穴子來回盤起，把單薄的魚肉疊成三倍的厚度來提昇口感，配合濃郁的醬汁和柚子的香氣，讓整貫壽司圓滿起來，扳回不少分數。

「你是今晚的主持人，最後一貫海胆，給你！」Cupid 師父悄悄地說。

「今晚真的辛苦你們了！大家！請給予各位師父們最熱烈的掌聲好嗎？」我叫道。

在雷鳴般的掌聲下，一眾師父在料場內一字列陣，邊鞠躬邊大叫道：「ありがとうございます。」

在觥籌交錯，賓主盡歡之間，我垂下頭，俏俏地把最後的那貫海胆壽司吃掉……

今晚のお酒

今晚品嚐的清酒共十瓶之多，它們各具特色，但我最想記錄的，是以下幾瓶。

菊姬

不知什麼時候開始，坊間有所謂「**清酒三大神器**」，乃是「**十四代**」的**【龍泉】**、「**大七**」的**【妙花蘭曲 GRANDE CUVEE】**和「**菊姬**」的**【菊理媛】**。如流言屬實，繼上次在「鮨琥珀」喝過**【龍泉】**後（龍泉飲後感可參考我之前的食評），在今晚的海栗宴中，又出現兩大神器了。

「菊姬」位於石川縣白山市，其歷史可追溯至「桃山時代」（大概1573年）。酒蔵建於日本三大名山「**白山**」的山腳，地理位置極為優越。

據日本兩大古典，「**周遊奇談**」和「**北国巡杖記**」的記載，白山之上有所「**比咩神社**」，裏面供奉著大神「**菊理媛**」。春天時，白山融化的雪水會流入一條名為「**菊沢川**」的河流，河道兩旁長滿野菊，花瓣被春風吹入河中，當地啲人就稱河水為「菊花の水」，用此水釀出來的酒，人稱「菊酒」。所以古時的「菊姬」酒蔵，叫作「**加賀菊酒本舗**」，到了明治35年（1928），才正式改名為「**菊姬合資會社**」。

有了好水，優良的釀造米也不能少。在眾多的酒米中，「**山田錦**」被譽為酒米之王，雖然種植條件苛刻，但因為回報豐厚，培植的農民也不在少數，產區亦遍佈全國。「**菊姬**」經過不斷篩選，最後選址「**兵庫縣**」的「**吉川町**」作培育基地，並與當地農戶簽訂條約，全數購入該地種出的山田錦，一來穩定價格，二來保證品質。這種稱為「**村米**」的制度，慢慢也被其他酒蔵仿效和採用。

有了天時、地利，最後就是人和了。「**杜氏**」是日本釀酒師的尊稱，地位僅次於蔵主，負責一切有關釀酒的事宜，從人事調配、編制造酒流程，到選擇酒米、決定酒的風格、味道等等，都由他作主。把「杜氏」比喻為酒造的心臟和大腦，一點也不誇張。

日本有很多不同的杜氏流派，

例如新潟的「**越後杜氏**」、兵庫的「**丹波杜氏**」、岩手的「**南部杜氏**」等等，都能釀出各具特色的清酒。在「菊姬」所在的石川縣，就是「能登杜氏」的天下了。

大家如果去選購清酒，可能會遇見酒標上印著「農口尚彥研究所」的酒。「**農口尚彥**」這個名字對一些新晉的清金酒愛好者來說，也許有點陌生，但是對於有一點酒齡的人，這名字卻如雷般貫耳。在日本，他還有「酒造の神樣」的稱號。

今年已達91歲高齡的「**農口尚彥**」，釀酒經驗相當豐富，由於爺爺和父親都是杜氏之故，年僅17歲時他已進入酒藏修行。1961年就正式就任「菊姬」杜氏一職，一做36年，至1997年退休。在這36年間，他為「菊姬」贏得了32個「**全國清酒品鑒會**」的受賞名銜，連日航的頭等客艙都備有「菊姬」的清酒。2006年，他更被日本厚生勞動廳封為「當代工匠」。2017年再度復出，建立「**農口尚彥研究所**」，造酒之餘，更希望把技術傳承給下一代。

總結以上所說，有好水、用好米，加上經驗豐富的釀酒師，「菊姬」的酒，怎能不好喝？

「菊姬」的好酒很多，最受當地人歡迎的，是「**加陽菊酒**」和「**山廢純米**」。但說到揚威海外，我認為是**【吟】**、**【黑吟】**和**【菊理媛】**了。它們的熟成年份不同，細品這三吟款酒，能讓我們更容易了解「熟成」對酒味道的影響。

「菊姬」【吟】

採用兵庫縣吉川町特A地區產的山田錦作釀造米，精米步合40%，酒精度17%，**【吟】**的熟成期只有一年左右，色澤透明如水。靠近鼻子時，能隱約感受到一股甜瓜般的香氣。

一口喝下，酒的酸度稍強，酒體薄，酒精感強烈，屬於典型的清爽系；辛口，餘韻略短，適合配搭生蠔或貝類刺身，其酸爽的味道，不但能抑壓貝類特有的腥氣，減低貝肉表面的黏滑感，還可帶出其鮮甜之味……不錯喝呢！

「菊姬」【黑吟】

同樣的釀造米，同樣的精米步合，連酒精度也同樣是17%，【黑吟】和【吟】最大的分別，是酒液的萃取法和熟成時間。

【黑吟】屬「**雫酒**」，以濾滴的方式，在沒有施加人為壓力的情況下收集酒液，保留了酒最原始的風味（有關雫酒的介紹，可參考我以前的食評「**酒の陣**」），之後，再進行長達三年的低溫熟成，令酒變得更加醇厚。

本以為熟成三年的酒，顏色會微微偏黃，但【黑吟】的酒色依然如水般潔淨，放近鼻子，甜瓜的味道比【吟】更加強烈。此外還綻放著一股稻穗的香氣，非常討好。淺嘗一口，酒的酸度頗強，酒精感也高，熟成令酒體醇厚了不少，質感更順滑，餘韻中等。

今晚以海胆為主，酒體厚且餘韻強的佳釀，才能與海胆濃郁的味道匹敵。今晚的【黑吟】配海胆，是個非常不錯的選擇。

菊姬【菊理媛】

這是「菊姬」最高峰的清酒，古人就是用它來祭祀白山「比咩神社」內的守護神，更為此冠上神靈「菊理媛」的名字，所以此酒不容有失。

收集後的【菊理媛】酒液會把被酒藏存放至少十年以上。經過長期低溫熟成的【菊理媛】早被視作為古酒（通常熟成三年以上的都可稱為古酒）。

古酒的特徵是香氣沉穩，顏色較深，酒精的辛辣度會隨時間流逝而變得醇厚。

開栓的一刻還沒什麼感覺，但隨著酒液進杯，杯內空氣被擠出的同時，一股酒釀般香氣鑽進鼻孔，本以為熟成十年的酒色澤應該有點泛黃，但奇怪酒色依然潔白。

一口喝下，雖然酒精度還是17%，但酒精感明顯降低了許多，沒有【吟】和【黑吟】那種辛口感，酸味也變得溫和，除了稻米味外，還帶有一絲「三溫糖」的甜，酒體厚，質感順滑，餘韻悠長。

一口【菊理媛】，一口「羽立」，妙哉妙哉！

勝山平成30年間氷溫熟成酒

雖說【菊理媛】熟成十年，但比起這瓶，卻顯得小巫見大巫。

「**勝山**」是我喜歡的銘柄之一，她的酒我絕大部份都喝過，所以這瓶難得的熟成酒，我豈可錯過？

「**平成**」（1989年1月8日—2019年4月30日）是「**日皇明仁**」即位時所定立的年號。由於「平成」只有三十年，所以酒造就向全球推出30瓶。她們在「**平成元年**」釀造，以儲存了足足30年的限量古酒來紀念這個時代的終結，非常珍貴。

為隆重其事，除了酒瓶上的金箔雕刻外，酒造還請來仙台縣著名的「**玉蟲塗**」漆器工藝所，為

每瓶酒人手製造一個漂亮的漆器盒子，和一只金箔漆器盃，講究之餘，還極具收藏價值。有興趣一睹，可參考我在臉書內的拆盒全過程。

微醺的我謹慎地把酒倒出，生怕不小心濺了出來，浪費了珍貴的酒液。隨著琥珀色的酒液在杯內緩緩上昇，馥郁的香氣撲鼻而來。當我把鼻子湊近杯口，一股濃烈的紹興酒、焦糖和蜜糖的氣息傳入鼻腔……可謂香氣逼人！

淺嘗一口，拖肥糖的味道率先竄出，並擴散至整個口腔和鼻腔。

接著，甜味漸過，一股「糖炒栗子『殼』」的味道隨之而來（記得從前吃糖炒栗子時，偶然也會舔到栗子殼上的味道，苦苦的，卻又帶一絲甜）。可能是冰溫長期熟成的原因，辛辣的酒精感變得不明顯，甘口，酒體十分厚，用「瓊漿玉液」來形容一點也不為過。嚥下後，竟然出現一種肉桂的餘韻縺綣在喉嚨間……非常特別！

古酒配海胆，令我想起以前在台灣「**鮨隆**」吃過一道「**紹興酒浸海胆**」的菜式，至今難忘。這瓶30年古酒比當時的紹興酒更香甜醇厚，而今晚海胆的質量也絕對不輸當時。

唉，種極致的配搭，不知又要盼到何時，才能讓我再遇上。

大七【妙花蘭曲 GRANDE CUVEE】

【妙花蘭曲 GRANDE　CUVEE】

早在我之前的食評「**離れの客室**」已詳細介紹過，這裡我就不重複了。

朋友買下那瓶的酒標上註明是 2014 年製造，我們卻在 2017 年才喝掉，喝的當下真是顛覆了我對 GRANDE　CUVEE 味道的預想。本以為是花果系列，品飲後才發現竟以「旨」味為主！當時我懷疑是不是朋友儲存不當，令酒味改變。

為了再次印證它的味道，我自己又進了一瓶，在食評裏我說過，會再跟大家報告，現在是履行諾言來了。

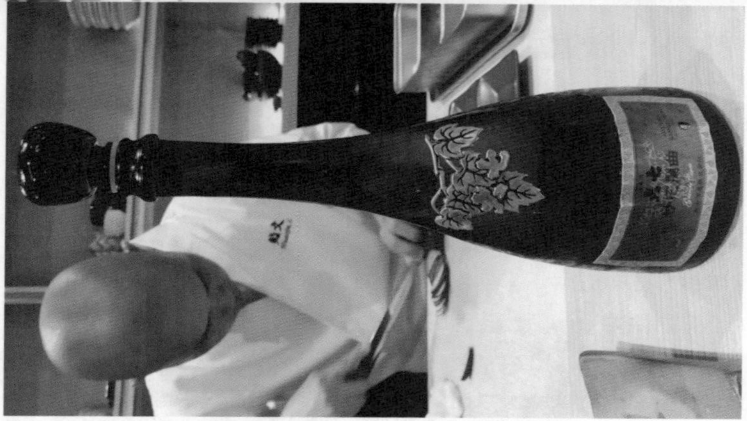

自購的 GRANDE　CUVEE 是 2016 年 8 月製造。酒商朋友再三叮囑，必須預先開瓶醒酒，否則就算酒喝完，味道也還未綻放。

海胆宴那天，我一早就把瓶塞打開，讓酒呼吸。

幾分鐘後，把瓶塞放回，並置到冰箱冷藏。到了晚上，我刻意把酒倒到一個大的紅酒杯裡，讓它多醒一下。

晃杯數下後，我把鼻子貼近杯邊，非常隱約地有一點點花果的香氣（但絕對不是旨味）。再過幾分鐘，當酒的溫度漸漸回升，香氣就比較明顯了。

如用清酒老師教導的方法，把酒化成圖畫的話，GRANDE CUVEE 的「香氣」就似「置身於一片長滿白野花的稻田中吃著半熟的蜜瓜的感覺」。

有花香，但不濃烈；有果香，但不蜜甜，優雅卻矜持。

輕呷一口，味道與香氣大致相同。雖然材料是米和麴，卻讓人有一種喝白葡萄酒的感覺，酸爽卻輕盈，酒體不厚不薄，酒精感不算太高，餘韻中等。

此酒與清淡菜式同吃，相得益彰。但遇到濃郁菜肴的話，酒的味道就不能彰顯。

幸好，我們今晚喝這酒正是前菜階段，如配海胆的話，那就白

我的夢幻組合

香港人熱愛日本料理，當中又以壽司為最，因此臉書上關於壽司的群組也不少。小弟有幸，被一個名為「**香港Omakase關注組**」的組群所接納，成一小會員。

在「谷」裡，每位谷友都會無私地分享其飲食經驗、所見所聞，令我眼界大開。

待在谷裡的日子越久，越能感受這班「谷友」學識之淵博，每每有獨到之見解，令小弟茅塞頓開。從字裏行間我還發現許多現役的壽司職人活躍於群組之內，可謂「臥虎藏龍」也。

在2021冬，群組會員突破三萬，為了慶祝這個里程碑，群組舉辦了一個叫「**dreamakase3000thanks**」的有獎活動，要求參賽者列出在香港品嚐過，最難忘和最好吃的16貫壽司，並要排列出一個自己認為最完美的壽司流序組合。勝出者還可獲贈由**著名插畫師Momo Leung小姐**，從優勝組合中挑選具代表性的組合繪製成的畫。

我覺得這個活動相當有趣，自問吃壽司的年資非淺，拍的照片也不在少數，可是只能選擇十六貫精品壽司，還要組合完美流序……確是刺激性、學術性和挑戰性兼備，因此我就「膽粗粗」試著參加了。

比賽十分激烈，每位參賽者的壽司和組合的完美度都極高，經過會員投票，小弟非常僥倖勝出比賽，還獲得漂亮的「**彩繪壽司圖**」。

在這書的最後一章，容我和大家分享「我的夢幻組合」。

我的夢幻組合

老實說，從來沒有想過，選擇我的夢幻組合會如此艱難，最大原因可能是只限十六貫，又只限香港鮨店之故，所以這次選擇的，都是經過淘汰再淘汰，真正是萬裏挑一。

可悲的是，其中有很多鮨店現在已經結業，想再重溫當時職人的技藝，品嚐當時的味道，也許不易了。

一・白魚〈湖舟壽司〉

在香港，很多鮨店都提供白魚，但一般都以前菜的方式供食，如果要用白魚來握壽司的話，就不容易了。

這貫白魚壽司，魚肉爽滑，真的有點像「銀針粉」，配上一小撮薑蓉，用微辣來引發白魚的甜，手藝和味道的調配，均是巔峰。

二・針魚〈京日本料理〉

以當造的水針魚，盤成太鼓之形，魚肉和醋飯之間除了山葵外，還塗上一丁點薑蓉，魚肉水嫩彈牙，山葵提香之餘，薑蓉也抑遏了針魚血合的一丁點苦味，兩者配合，味道至今難忘。

三・湯葉〈岡田和生日本餐廳〉

用十來片薄薄的湯葉疊成的壽司料，光看已知極不容易，何況還要把它握成壽司。師父在上面薄薄的塗上一層溜醬油後遞上，我一口吃之，黃豆的味道充斥整個口腔，像喝喝了一口豆漿般。也不用咬，整件壽司已自動散開，徐徐地滑進喉嚨，好吃極了。

四・真鯛〈鮨芝〉

這是我在香港吃過最好吃的第二貫真鯛。肉質呈透明狀，可見其鮮度拔群。師父的柳刃非常鋒利，沒有破壞魚肉的組織，在咀嚼時，魚肉還是鼓鼓的。

山葵、魚肉和醋飯的比例也恰到好處。記得吃下一件後，我還像小孩般要立刻追加。

五・真鰺〈鮨芝〉

繼上述的真鯛，這也是一件絕品真鰺。透明的魚肉一點沒有發光魚的腥氣，像在吃真鯛的感覺。這貫並沒有用上山葵，只是在魚肉和醋飯之間加上細蔥絲，最後還放一撮細蔥茸在魚肉表面。一口吃下，蔥茸的香氣擴散，咀嚼間，偶然咬到的蔥絲又再併發出辛辣的味道，邊吃邊回味。

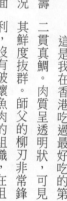

六・鰶〈鮨銀座おのでら〉

在香港，不同的鮨店，都有自己醋漬的獨門秘方，但說到酸和鹹味的平衡，這一貫的味道最令我受落。它的酸味不只是來自白米醋，還有一種「すだち（蛇腹橘子）」的淡淡果香味，令人食慾大振。就算壽司已經咽下，這種果味還歷久不散……

七・踊り海老〈天膳〉

活海老就是要吃鮮度。從填滿木糠的盒子中拿出來時，剛甦醒的海老跳過不停，師父以最快的速度剝殼去頭，握成壽司後，在上面灑上一滴檸檬汁，蝦肉立即抖動起來，我趕快把它一口吃下。咀嚼間，新鮮蝦肉的那種彈性、甜味、爽脆，真的非筆墨可形容。

留下來像五彩扇子般漂亮的尾巴，我也欣賞了好一會……

八・葡萄海老〈樂壽司〉

很多蝦都很好吃，車蝦、白蝦、牡丹蝦等等，多不勝數。但說到矜貴和稀有，我相信葡萄蝦應該在三甲之內。吃葡萄蝦不是貪其清爽，而是吃它的粘糯，那種，歷久不散，在口腔裏繾綣的狂甜。如果只有16貫壽司可選的話，葡萄海老穩人佔一席！

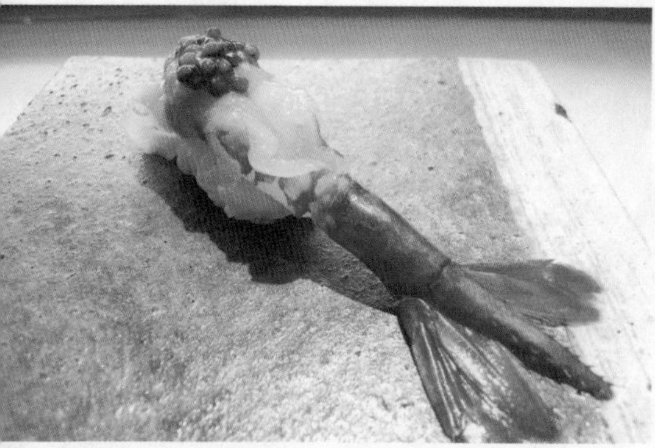

九・赤貝紐〈天膳〉

赤貝好吃，但我更欣賞赤貝紐。如何讓像蝴蝶結一般的貝紐，盤纏之中握出壽司的形態，也是對師父的一大考驗。

赤貝紐由爽脆的裙帶和彈牙的貝柱組成，咀嚼的時候能同時享受不同的口感。

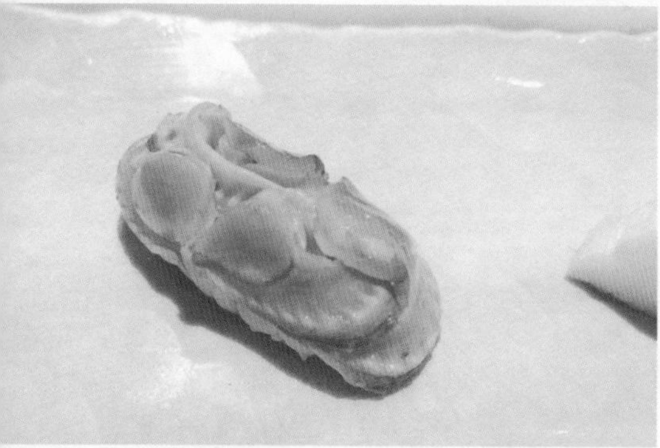

十・文蛤〈銀座いわ〉

文蛤是非常花功夫的傳統江戶前壽司，通常的鮨店都會在文蛤面塗上一層厚厚的醬汁，還會在上面灑上柚子茸。這件文蛤壽司完全沒有花巧的調味，衹是簡簡單單的把它的真味呈現出來，肉質柔軟，而且充滿了貝類那種海潮的香氣，好吃極了。

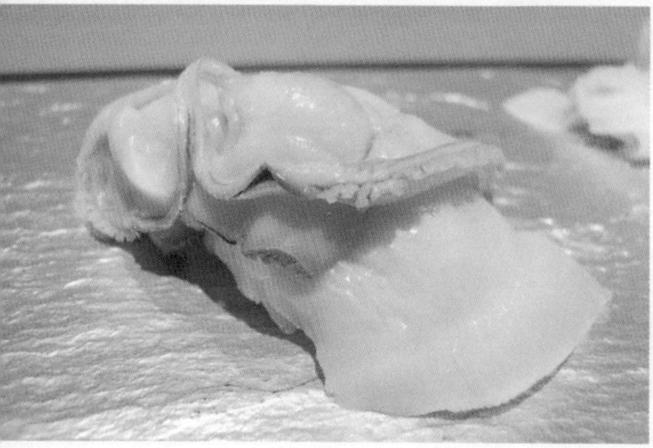

十一・中トロ〈鮨とかみ〉

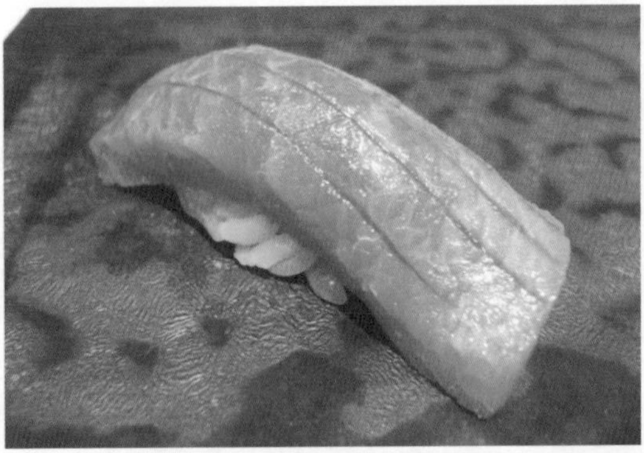

集赤身的酸味和大トロ的油香於一身，鮨とかみ的這貫鮪中トロ，絕對是百吃不厭。配上鮮磨的山葵和赤醋飯，口味無出其右。

十二・かに〈舞鶴〉

用香箱蟹腳肉、毛蟹肉和鱈場蟹味噌做出來的蟹肉壽司，師父稱它為「蟹、蟹、蟹壽司」。

香箱蟹甜，毛蟹肉滑，鱈場蟹味噌味道濃郁，可謂集三蟹之大成，非常好吃。

十三・鰰〈鮨処光〉

一鮎」這種魚最為人熟悉的，就是它的魚子。師父把整條魚燒熟後，用手撕下整個魚腹，趁熱把它做成壽司。

一口吃下，魚皮的焦香加上「脆卜卜」的魚子，味道沒齒難忘。

十四・鱈白子〈鮨処光〉

備長炭燒的鱈白子，有一種煙熏的香氣，雖然表面燒得乾乾的，但裏邊仍然呈軟忌廉的狀態。

放進口中一咬，白子破壁而出，吃過燒棉花糖的，不難想像！

十五・馬糞うに〈樂壽司〉

像雀舌般的馬糞海胆，粒粒晶瑩，味道如小炸彈般，配以脆得不能再脆的有明海海苔，一口吃之，數十顆海胆炸彈在口中瞬爆……不羨仙了。

十六・玉子〈鮨中本〉

表面覆蓋一層薄薄焦糖的玉子，中心組織非常綿密，用舌頭一頂，焦糖頓時壓成碎片，緊接一而來就是雞蛋的香和甜，質地像custard，還感受到蝦肉的鮮味……

水信玄餅〈植原〉

我也喜歡很甜的甜食，但吃完那麼多濃味壽司後，還是偏愛這個像冰一般的水信玄餅。

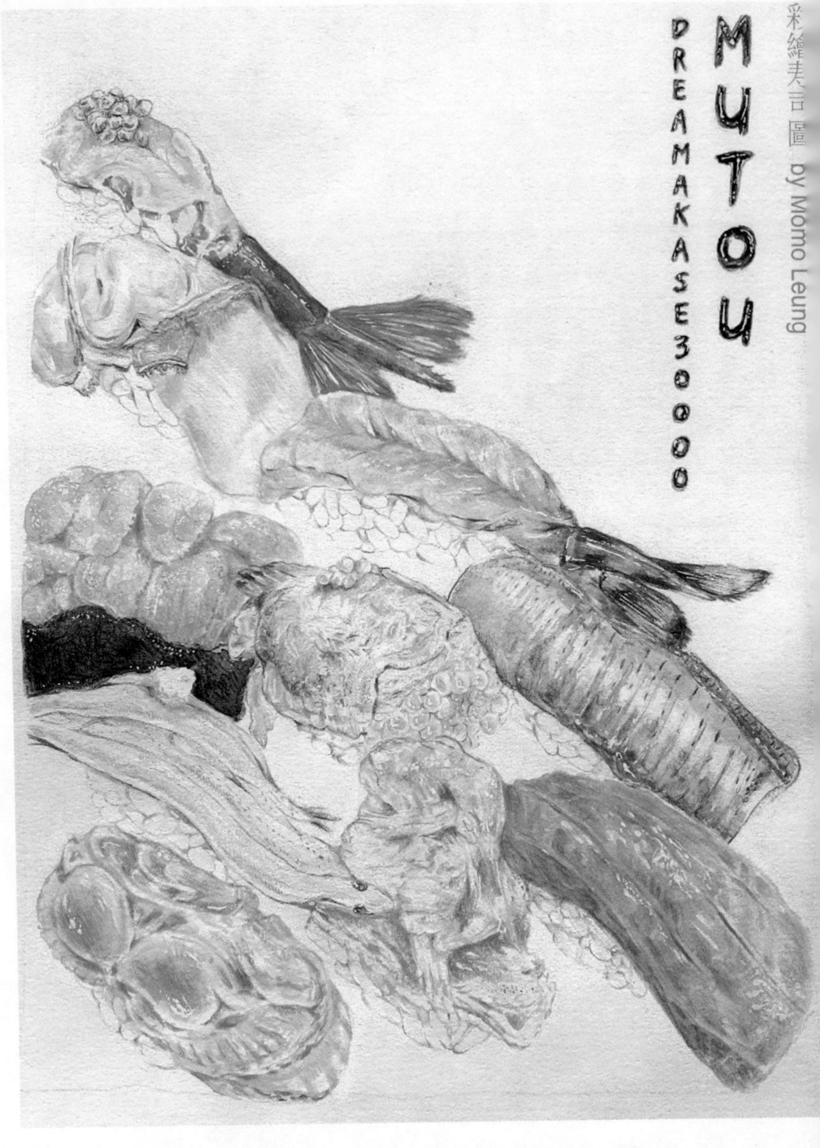

彩繪夫言圖 by Momo Leung

香港鮨屋紀行 3

作　者：香港武滕鶴榮
出　版：真源有限公司
地　址：香港柴灣豐業街 12 號啟力工業中心 A 座 19 樓 9 室
電　話：三六二零　三一一六
發　行：一代匯集
地　址：香港九龍大角咀塘尾道 64 號龍駒企業大廈 10 字樓 B 室
電　話：二七八三　八一零二
印　刷：培基印刷鐳射分色公司
初版一刷：二零二三年七月

如有破損或裝訂錯誤，請寄回本社更換。

© 2023 Real Root Ltd.
PRINTED IN HONG KONG
ISBN：978-988-76535-3-0